Aguaja

Aguaja

Thierry Bondeux

Aguaja

© 2009, Thierry Bondeux
Edition : Books on Demand, 12-14 rond-point des Champs Elysées, 75008 Paris
Impression : Books on Demand GmbH, Allemagne
ISBN : 9782810615483

Aguaja

Cette aventure est celle d'une vie, derrière chaque mot, derrière chaque phrase, se cache une part de rêve et une part de réalité…

Elle a vécu dans mon esprit et sur le papier durant plusieurs années, elle sort aujourd'hui en pleine lumière.

Regardez bien Aguaja, vous la connaissez peut-être…

Un merci spécial à Monique pour son soutien dans la dernière ligne droite car c'est un peu grâce à elle qu'Aguaja est sortie de sa tanière pour aller à la rencontre des lecteurs. Comme une vraie amie, elle n'a pas mâché ses mots pour faire évoluer mes personnages et les rendre encore plus humains.

Aguaja

Prologue

La vie est parfois si déroutante, savant mélange de rêves et de réalités… il faut savoir s'arrêter un instant sur cette déferlante, se poser, penser !

Nombreux sont les signes d'un destin. Une pierre posée sur votre chemin, un orage vous poussant au refuge, un sourire au milieu de mille sourires qui vous attire sont autant d'indices précieux pour votre destinée.

En ouvrant les yeux à ces signes, nos existences peuvent être à jamais transformées. Il est facile aussi de passer à côté par choix, par peur, par ignorance… le doute est notre ami du quotidien comme l'est la peur de rompre nos habitudes.

J'aimais flâner dans les rues d'Orléans ou sur les bords de la Loire pour méditer à tout cela, pour le transposer sur le papier afin de laisser une trace de mes réflexions. Un jour, peut-être, elles serviront un être perdu, en recherche aussi de sa propre destinée.

Je me sentais libre comme cela, à scruter la vie des gens, à scruter ma propre vie… je le faisais depuis des années. Je prenais un plaisir à faire chaque jour le même chemin, aux mêmes heures.

Le temps ne comptait plus pour moi depuis tant d'années, depuis cette journée où tout a basculé.

Je me baladais déjà dans les rues d'Orléans mais j'étais plus jeune, bien plus jeune qu'aujourd'hui...

J'étais étudiant, rêveur et passionné de tout... du palpable à l'irréel. Je me posais mille questions sur tout, sur rien. Je plongeais aussi bien dans les ouvrages que dans le monde tangible.

J'allais souvent dans les librairies à la découverte de romans, d'histoires, de légendes. Dans toutes les librairies sauf une qui m'intriguait tellement qu'elle me faisait peur...

C'est là que j'ai compris les choses de la destinée, du choix à faire ou pas, de l'occasion donnée ou pas afin de transformer sa vie.

Je savais au fond de moi qu'en entrant un jour dans cette boutique, mon existence serait à jamais bouleversée. Le diable semblait vouloir m'attirer dans les feux de son Enfer. Les sensations étaient étranges, particulières.

Le destin m'a ouvert les portes de mon avenir par les caprices du temps, par la magie du temps...

En repensant à ce jour précis, je ne regrette pas. Il ne faut jamais regretter d'ailleurs. Ce geste me fut salvateur même si je dois toujours vivre avec le poids de mon secret...

Ma plume hésitante commence donc mon récit... sur les lieux mêmes des premiers pas de mon histoire.

Livre Premier

Le temps de la découverte

Aguaja

« Aguaja s'abîma à tout jamais dans les eaux noires du fleuve. »

Cette phrase concluait le roman que je venais de découvrir.

L'histoire racontait la vie d'une jeune fille fort belle qui vivait, au Xe siècle, dans le sud de la France.

Toute son histoire, sa vie étaient entourées d'un grand mystère et de multiples secrets. Nombreuses sont les personnes qui se vantaient l'avoir vue mais bien loin est la vérité. Guérisseuse et bienveillante pour certains, sorcière et voleuse pour d'autres, elle générait, autour de sa personne, aussi bien crainte que respect.

Fallait-il la glorifier ?

Fallait-il la crucifier ?

Une sorcière ne méritait-elle pas le feu ?

Une sainte dame ne méritait-elle pas les égards ?

Tout ce qui la touchait de près ou de loin marquait l'équivoque. Les hommes de la contrée et des contrées voisines étaient obsédés par ce personnage, nombreuses furent les querelles engendrées par sa seule évocation.

Quelle est la part de vérité ?

Quelle est la part du mythe ?

Quelle est la part du rêve ?

Toutes ces questions avaient réponses mais pas une seule et unique mais de multiples et souvent contradictoires. Comme pour toutes les histoires, comme pour l'Histoire, chacun doit se faire sa propre opinion... ou donner naissance à une légende !

L'ouvrage, que je venais de refermer, bien que récemment édité avait comme particularité de se présenter sous la forme d'un vieux grimoire. Sa couverture, faite dans un cuir cramoisi, renfermait une écriture calligraphiée sur un papier jauni. Le choix de ce support, peu conventionnel à cette époque de l'informatique, donnait une dimension spéciale à l'œuvre toute entière.

Ma rencontre avec le livre lui-même fut des plus surprenantes. Depuis une quinzaine de jours, je me rendais sans explication particulière dans une rue commerçante d'Orléans. Chaque jour, entre mes heures de cours à l'université, je ressentais le besoin de flâner, de dévorer des yeux les vitrines aux couleurs estivales.

Etrangement, je fus régulièrement attiré par la vitrine d'une petite librairie dont l'extérieur, comme l'intérieur, semblait d'un autre temps. J'avais une envie folle d'y entrer mais dans le même temps, une main invisible semblait me retenir. Une petite voix intérieure me disait de prendre garde, si je poussais cette porte à la boiserie verdâtre ma vie serait à jamais transformée. Cette sensation étrange me faisait repousser constamment ce premier pas vers l'inconnu.

Un vendredi, en début d'après-midi, alors que je me promenais à proximité de la vieille librairie, un violent orage éclata au-dessus de ma tête. Le ciel si bleu, quelques instants auparavant, s'obscurcit d'un seul coup et des trombes d'eau s'abattirent sur la ville en même temps que sur mes épaules.

Je fis rapidement le tour de la situation pour m'apercevoir que le seul refuge, qui m'était offert, n'était autre que la librairie. Je poussais donc la lourde porte grinçante allant à l'encontre des mes plus profondes pensées.

En entrant, je fus littéralement happé par une étrange atmosphère que je n'avais jamais ressentie dans ce genre d'endroit que je fréquentais fréquemment.

Etait-ce la seule odeur du papier, parfois ancien, qui me transporta dans une sorte de rêve ? Bien qu'aimant ce parfum qui redonnait l'envie de la découverte, je ne le pensais pas !

Etait-ce alors la boutique par elle-même qui continuait et amplifiait ces sensations, cet envoûtement que je ressentais encore plus fort à présent en son sein ? Peut-être, mais tout était tellement flou, mystérieux, étrange, changeant, troublant que je ne pouvais être sûr de cela. Je n'étais même pas certain de mes sensations. Etais-je d'ailleurs là dans cette boutique à cet instant ? Etais-je dans un rêve ?

Une voix féminine me fit revenir à la réalité, à la pure et troublante réalité… loin des rêves.

- Bonjour jeune homme, vous désirez un ouvrage particulier, me dit une dame d'une cinquantaine d'année.

- Non, je vous remercie madame. Pour tout vous avouer, c'est cet orage qui m'a fait pousser la porte de votre boutique, lui répondis-je dans un élan de vérité.

- Je comprends, me répondit-elle, et pourtant cela fait quelques temps que je vous vois regarder ma vitrine avec une grande envie d'y pénétrer, n'est-ce pas ?

- Je vous mentirais en vous affirmant le contraire madame. J'ai bien ce double sentiment d'envie et d'angoisse que je ne peux expliquer.

- Cet orage n'est peut-être pas tombé par hasard, vous savez. Un ouvrage ne vous attendrait il pas ?

- Je ne pourrais vous répondre de suite mais, maintenant que j'ai sauté le pas et en cherchant bien, je vais peut-être le découvrir.

Notre premier échange se termina sur cette interrogation. Faisant abstraction de cette anxiété que je ressentais profondément depuis le début, je me suis mis à la recherche de cet ouvrage mystérieux. M'attendait-il comme l'avait suggérer la libraire ? Voilà une interrogation étrange qui attisa un peu plus ma curiosité.

En fouinant dans les coins et recoins de la librairie, je me surpris à revenir régulièrement sur un livre, à l'aspect vieillot. Etait-ce lui qui provoquait en moi ces sensations si fortes et si étranges ?

Bien que troublantes, je ne voyais à cet instant pas d'autres explications mêmes irrationnelles…

Le titre de ce mystérieux manuscrit était « Aguaja, la fille de l'Err ». Je le pris dans mes mains et, à son simple contact, je ressentis un léger courant électrique et une pointe d'angoisse mêlée à une très grande curiosité.

Je me suis alors retourné vers la libraire qui me fit un léger sourire et me dit :

- Voilà, vous l'avez enfin trouvé.

- Euh, oui, je crois, vous connaissez l'histoire ? lui demandais-je hésitant.

- Non, jeune homme, je ne l'ai jamais lu, personne ne l'a jamais lu d'ailleurs. Cet exemplaire est unique, vous savez ! Je le tiens d'un ami, l'auteur, mais je ne peux vous en dire plus.

- Pourquoi ne pouvez-vous pas m'en parler d'avantage ?

La vendeuse avait attisé ma curiosité, je voulais en savoir plus. Elle devait en savoir plus !

- Je peux simplement vous dire que vous avez fait le bon choix. Je peux également vous dire que vous n'avez pas choisi ce livre mais c'est lui qui vous a choisi… ! me répondit-elle à vive allure.

- Comment cela était-il possible ? la coupais-je.

- Je ne peux vous répondre, j'en ai déjà trop dit. Pour le reste, vous le découvrirez par vous-même si...

Elle s'est interrompue sur ce si énigmatique. Je poussais cette mystérieuse discussion afin de connaître la vérité.

- Excusez-moi madame mais si quoi ? Que voulez-vous me dire exactement ?

J'étais excité, excédé aussi par tous ces mystères autour d'un simple ouvrage enfin simple n'est certainement pas le mot. Il n'y a pas de mots pour le décrire...

- Rien, rien, rien de plus. Si vous êtes vraiment intéressé, il ne vous reste plus qu'à l'acheter !

- Naturellement, excusez-moi de vous importuner ainsi mais vous avez aiguisé ma curiosité. Combien vous dois-je ?

- Cela fera 150 francs, me dit-elle en guise de dernières paroles.

Après avoir réglé en toute hâte le prix demandé et salué rapidement la libraire, je me suis précipité vers ma chambre d'étudiant afin de commencer la lecture, ma lecture. Le temps passé depuis mon premier contact avec l'ouvrage me paraissait interminable. Jamais je ne m'étais aperçu que mon petit logement des bords de Loire était aussi éloigné du cœur de l'ancien Orléans. Tout me paraissait long, trop long et pourtant je me devais d'attendre

Aguaja

avant d'entamer au calme la lecture de ce récit qui m'intriguait déjà tant !

Dès les premières lignes, je me suis littéralement plongé dans l'histoire.

Ce qui pouvait apparaître comme un simple roman épique prit alors la valeur d'un véritable récit historique.

D'ailleurs, en préambule à son récit, l'auteur, un voyageur du XXe siècle connu sous le nom d'Amfredi, affirmait que cette histoire n'était pas le fruit de son imagination. Bien au contraire, il accusait les historiens d'occulter toute une partie de notre passé.

Préparant un mémoire sur les parallèles entre les légendes celtiques et leur christianisation, j'étais bien placé pour savoir que l'histoire souvent décrite dans les livres et dans l'enseignement scolaire n'était que le pâle reflet de la vérité. Nombreuses sont les sources qui ont été modifiées au Moyen-âge ou plus récemment afin de les rendre plus proche de notre conception judéo-chrétienne. C'est ainsi que de nombreux faits historiques, voire des légendes elles-mêmes toujours basées sur une part de vérité, furent ainsi transformés, remodelés par bienséance.

Au sujet d'Aguaja, Mr Amfredi évoquait la légende d'une « Vierge noire » à proximité de la petite bourgade d'Err dans les Pyrénées-Orientales. Cette Vierge décrite avec un visage noir manifeste son pouvoir lors de toutes les calamités, qu'il s'agisse de maladies pour les hommes ou les animaux, de pluies, de tempêtes ou d'incendies. Si on l'invoque tout rentre dans l'ordre.

C'est en 1726 que le Conseil Paroissial décida de la date du 2 juillet pour célébrer la Vierge d'Err au cours d'une procession.

La Vierge, dont l'apparition remonterait en l'année 930, est portée par quatre jeunes filles le front ceint d'un voile et toutes vêtues de blanc.

A y regarder de plus près, je savais que Mr Amfredi ne se trompait pas.

Les apparitions de Vierges et notamment de Vierges noires étaient très souvent liées à la présence dans une contrée d'une femme ayant un grand pouvoir se résumant en quelques mots : beauté, jeunesse, mystère, virginité et solitude.

Tout ce que j'avais lu sur la vie d'Aguaja correspondait trait pour trait à cette image et il est bien difficile, voire impossible, de changer des habitudes et des comportements ancestraux…

Les accusations de l'auteur et le fait que son histoire se rapprochait mes propres recherches me donnèrent envie d'aller à sa rencontre.

Cette confrontation ne se fit malheureusement que par les ouvrages car Amfredi était mort. Son décès ne fut pas expliqué, à l'époque la police argua d'un suicide. Derrière cette conclusion, un autre mystère m'apparût.

L'ensemble des documents traitant de cette tragique histoire ainsi que la légende de la Vierge noire d'Err orientèrent mes recherches sur la Cerdagne. Située au cœur des Pyrénées-Orientales, cette grande « plaine d'altitude », est traversée par de nombreuses rivières de montagne comme la Caldéjas ou le Sègre. C'est ce dernier cours d'eau qui a retenu toute mon attention car il correspondait à la perfection aux dires d'Amfredi.

Le Sègre y a creusé de magnifiques gorges depuis sa source, à 2400 mètres d'altitude. Plus tard, un groupe d'hommes y fonda une petite localité prenant le doux nom de Llo. Si doux est son nom, mystérieuse est son histoire.

Pas de Vierge noire ici mais le lieu de rendez-vous des sorcières lors des sabbats. Aguaja, mi-Vierge, mi-sorcière, faisait-elle partie de ces rencontres bannies par la chrétienté ? Mr Amfredi la disait solitaire mais on ne peut jurer de rien et la belle inconnue a bien pu participer à ces réunions nocturnes et proscrites.

Le mystère autour d'Aguaja s'épaississait au fur et à mesure que de nombreux éléments faisaient concorder ce qui pouvait paraître de prime abord comme un nouveau roman légendaire…

La lecture d'une biographie succincte sur cet auteur m'apprit qu'il avait vécu une trentaine d'années dans une petite commune de la région, Saillagouse.

De plus en plus intrigué et impatient d'en apprendre un peu plus sur toute cette histoire je décidais de me rendre sur place. Je pris le plus de renseignements possibles sur ce village de montagne, chef-lieu de canton apparaissant comme un véritable havre de paix avec tous les services nécessaires pour y vivre. Parmi eux, un petit hôtel qui allait devenir, après quelques appels téléphoniques, mon point de chute pour les jours à venir.

Le dimanche soir, deux jours après ma visite dans la librairie orléanaise, je pris le chemin des Pyrénées. La route allait être longue mais je tenais à être présent dès l'ouverture de la mairie le lendemain matin.

Le trajet nocturne, qui me séparait de ma destination finale, fut un étrange mélange de curiosité et d'insouciance. Je conduisais sous une forme d'hypnose. Bien que sachant où j'allais, je n'aurais pu décrire les nombreux paysages ni donner les noms des communes traversées. Mon esprit était ailleurs, loin dans les hauteurs montagnardes, haut dans le ciel…

Après de longues heures de route, je suis arrivé à Saillagouse aux premières lueurs du soleil. La mairie, lieu de mon premier rendez-vous, n'ouvrant que plus tard, je profitais de ce temps pour rejoindre « l'Hôtel Restaurant Planes ». C'est dans cet établissement situé sur la jolie place de Cerdagne, que j'avais réservé une chambre quelques heures plus tôt.

Bien que ma réservation ne fût effective que pour la fin de matinée, les hôteliers acceptèrent de me servir un copieux petit déjeuner, opportun après le long trajet depuis Orléans et toute la fatigue accumulée.

Je profitais de leur gentillesse et du temps qui m'était accordé pour prendre auprès d'eux de nouveaux renseignements sur la région et les lieux à visiter. Naturellement, j'insistais un peu plus sur Err et LLo sans pour autant évoquer leurs aspects légendaires. Eux-mêmes, d'ailleurs, ne me dirent pas un mot à ce sujet, pas plus que sur Aguaja. Je commençais à douter de l'histoire de Mr Amfredi même si je ressentais toujours cet « appel » au plus profond de moi.

Les heures précédant mon départ pour l'hôtel de ville passèrent à une vitesse folle. Après avoir pris congé des deux restaurateurs je me rendis d'un pas décidé à la mairie.

La fraîcheur matinale, ressentie à mon arrivée, semblait avoir disparue pour laisser place à une chaleur un peu étouffante habituelle en ce mois de juillet. Cependant en entrant dans cette mairie, je ne m'attendais pas à ouvrir les portes de ma propre aventure.

Le bâtiment était sobre, le secrétaire de mairie m'accueillit avec courtoisie. Pensant probablement avoir devant lui un touriste comme les autres, il sortit une brochure de l'office de tourisme local.

Ne souhaitant pas lui faire perdre son temps précieux, je coupais court à ses recherches car là n'était pas le but de ma visite.

- Excusez mon empressement mais je souhaiterais avant toute autre chose prendre un rendez-vous avec monsieur le maire, si cela est possible ?

Cette demande soudaine l'a, semble-t-il surpris car il me demanda :

- Vous souhaitez certainement habiter à Saillagouse ?

- Non, je vous remercie mais pas dans l'immédiat. Je voudrais seulement avoir une entrevue particulière avec votre maire. Pouvez-vous lui dire que cette demande est d'ordre personnel, privé ?

- Vous devez vous douter, monsieur, que son emploi du temps est chargé. Pourriez-vous préciser un peu votre demande, peut-être que… ?

- Permettez-moi de vous interrompre encore une fois mais je ne peux vous en dire plus. Ce que j'ai à évoquer est vraiment très particulier et je voudrais garder une certaine discrétion.

Je comprenais bien la grande curiosité du secrétaire de mairie mais je préférais ne pas ébruiter les raisons de ma venue ici, il m'aurait pris pour un fou, cela aurait compliqué mes investigations futures. Je restais ferme et insistais pour obtenir un rendez-vous dans les plus brefs délais.

Après quelques secondes d'attente, il me dit visiblement de mauvaise grâce :

- Bien, je vais voir si et quand Madame le Maire peut vous recevoir malgré votre demande peu banale…

Il insista lourdement sur le *si* et le *quand* pour marquer sa désapprobation d'être ainsi mis à l'écart de la confidence. Je le laissais avec ses humeurs qui m'importaient peu. Il ne me restait de sa dernière phrase que cette information importante, le maire de Saillagouse était une femme.

J'étais assez satisfait de ce renseignement car mes prochaines interrogations seraient peut-être plus compréhensibles et acceptables pour une femme.

Le secrétaire ne fut absent que quelques minutes, il revint rapidement par une porte située à proximité de son bureau.

- Madame le Maire vous attend, si vous voulez bien me suivre.

Dans cette invitation à le suivre perçait une légère pointe d'agacement. Il était certainement un peu contrarié par la réponse si rapide et positive du premier magistrat de la commune. Par espièglerie, je lui fis une réponse un peu ironique :

- Avec grand plaisir, merci de votre obligeance.

Il ne me répondit pas mais m'invita, sans un mot et d'un simple geste de la main à le suivre.

Il frappa doucement à la porte entrouverte et une voix claire et énergique nous invita à entrer.

Le secrétaire ouvrit la porte :

- Madame le Maire, voici le jeune homme qui insistait pour vous rencontrer personnellement...

Il dit cette phrase en mettant l'accent une nouvelle fois sur les mots marquant ma volonté de ne pas le tenir au courant des raisons de ma visite. Madame le Maire coupa net cet écart d'humeur en prenant la parole.

- Merci Charles, vous pouvez nous laissez... quand à vous jeune homme, je vous prie de vous asseoir.

Je la regardais pour ma part avec insistance, car dès mon entrée dans ce bureau, j'ai ressenti une étrange impression, une sensation de « déjà vu », confortée par une voix et un visage qui me semblèrent familiers.

L'avais-je déjà rencontrée ?

J'avais beau réfléchir, je ne voyais pas, ne le pensais pas.

Me trouvant sans doute hésitant, elle reprit rapidement la parole :

- Jeune homme, veuillez-vous asseoir.

- Excusez-moi, j'étais un peu ailleurs. Je tiens à vous remercier de me recevoir si rapidement car je sais que ma demande est, sans aucun doute, peu commune.

Elle m'écoutait avec un petit sourire au coin des lèvres et un regard fixe et pétillant. Elle reprit la parole :

- Je suis sincèrement heureuse de vous accueillir dans notre village.

- Le plaisir est pour moi madame… et je vous remercie encore de votre accueil car, je l'avoue aisément, mon insistance à vous rencontrer pouvait paraître bien étrange. Pour tout vous dire, je suis venu ici pour avoir quelques renseignements et, si vous le permettez, pour vous poser quelques questions un peu singulières…

- Faites, faites, me coupa-t-elle. Personne ne s'est jamais intéressé ainsi à notre région, sauf…, elle arrêta nette sa phrase.

Elle cherchait ses mots et son hésitation fit naître en moi un espoir. Ce pourrait-il qu'il s'agisse de Mr Amfredi ?

Je repris alors la parole.

- Madame, je suis ici pour connaître votre pays et plus spécifiquement la légende d'Aguaja que j'ai découvert dans un ouvrage… inhabituel.

Ce nom provoqua en elle une réaction imprévisible. Ses yeux bleus, qui m'avaient surpris par leur fixité, exprimèrent alors plusieurs sentiments aussi brefs que contradictoires : la curiosité, la crainte et la joie.

Je fus assez déconcerté par ce regard, mais je continuais à évoquer les raisons de ma présence dans sa ville.

- Quand je dis particulier, c'est au niveau de sa forme et de sa texture. Bien qu'écrit très récemment, il ressemblait à un vieux manuscrit. Et puis, je l'ai eu entre les mains de façon si étrange. Il a fallu un orage dans ma ville d'Orléans pour que je pousse la porte d'une vieille librairie et vous ne me croirez pas mais quand je suis tombé sur ce fameux ouvrage, la libraire m'a dit qu'il m'avait choisi. Elle m'a également indiqué que c'était l'unique version et moi l'unique lecteur. Je vous avouerai, bien volontiers, que j'ai vite été intrigué par tout cela. Cependant dès les premières pages, j'ai compris que ce n'était pas un livre comme les autres. Il m'avait envoûté, sitôt la dernière ligne je n'ai eu qu'une envie, venir sur les lieux du récit pour connaître le fin mot sur cette légende.

J'avais débité cette phrase à une vitesse folle dans une grande exaltation. Madame le Maire ne sourcilla pas, elle semblait captivée par mon récit. L'instant était propice pour savoir si elle connaissait ou pas Mr Amfredi et donc son écrit, alors je lui lançais :

- Connaissez-vous un homme portant le nom d'Amfredi ?

Elle eut un moment d'hésitation, stupéfaite par ma question. Son visage même semblait exprimer la surprise et une pointe de crainte. Je la vis reprendre sa respiration, elle paraissait avoir des difficultés à avaler sa salive. Ses yeux semblaient chercher un point pour se rattacher.

Elle finit enfin par me dire :

- Oui, naturellement, c'était mon père !

Cette réponse me laissa, à mon tour, sans voix.

- Votre père ? Malgré ma surprise j'essayais de contrôler les intonations de ma voix.

Cependant au plus profond de moi, une bouffée d'émotions diverses et contraires généra une boule dans ma gorge. Mon cœur s'emballa ardemment, je ressentais jusqu'au flux et reflux de mon sang. Mes veines étaient tendues à l'extrême. Saillantes, je pensais qu'elles allaient imploser et se rompre.

- Vous m'avez bien comprise jeune homme, monsieur Amfredi était mon père. Depuis le temps qu'il essayait de faire connaître son secret…au monde, … je suis heureuse qu'il ait pu, même après sa mort, … intéresser quelqu'un et peut-être léguer sa flamme.

Cette dernière phrase me surprit car elle ne correspondait pas à mon interlocutrice. Durant toute la discussion qui avait précédé, madame Amfredi, car tel est son nom, faisait des phrases concises et précises. Là au contraire, ce ne fut qu'une suite d'idées qu'elle semblait avoir trop longtemps gardées sur son cœur.

Notre entretien fut interrompu par le secrétaire de mairie venant prévenir madame le maire de l'arrivée de l'un de ses administrés.

C'est donc avec le souhait commun d'un prochain entretien que je pris congé, fortement troublé par ce premier rendez-vous.

Avant de rejoindre ma chambre, je décidais de visiter Saillagouse et ses environs proches. Cette petite bourgade était vraiment pleine de charme et l'air de la montagne était vivifiant ce qui rendait plus supportable la chaleur estivale.

Je commençais ma promenade par l'église Sainte Eugénie que m'avaient conseillée les restaurateurs lors de notre échange matinal. C'était un bel exemple d'architecture romane caractérisé par sa corniche en dent de scie supportée par des modillons ornés de têtes humaines. A l'intérieur, je découvris un magnifique retable baroque consacré justement à la sainte patronne de Saillagouse, Eugénie.

Je quittais l'imposant édifice pour flâner dans les rues du bourg et très vite, mon odorat fut attiré par de nombreuses odeurs de charcuteries qui me faisaient saliver. J'allais pouvoir découvrir, me semblait-il, une cuisine à coup sûr raffinée.

Pris dans ce mélange de senteur, je fus surpris d'avoir déjà dépassé les limites du bourg.

Les collines verdoyantes entourant le village, propice à la quiétude, semblaient être le territoire idéal pour faire d'une légende une histoire vraie.

D'ailleurs, plus je regardais ces paysages pyrénéens, plus les écrits d'Amfredi me paraissaient être l'image de la vérité.

Aguaja avait existé, je le ressentais comme une certitude.

A cet instant, une idée folle me traversa l'esprit :
Aguaja pouvait-elle être toujours vivante ?
Interrompant ma promenade méditative et solitaire pour la fraîcheur d'un petit café convivial,

je pris place à une terrasse dont la tonnelle était couverte par de splendides plantes grimpantes.

Ce lieu, hors du temps, m'offrait un savant mélange de couleurs et d'odeurs avec trois variétés de clématites (la mauve et odorante Alba Luxurians, la blanche Gillian Blades et la pourpre Jackmanii) associées à deux espèces de Bignonia capensis aux fleurs en grappe de couleurs orange et écarlate.

Savourant une boisson fraîche, je replongeais dans mes rêveries et visualisais à cet instant Mr Amfredi écrivant chacun des mots de son récit. J'imaginais une écriture fine, à la plume, figée avec dextérité sur une multitude de feuilles volantes.

Je ressentais la présence persistante de Mr Amfredi qui semblait tenir ma main en la faisant écrire dans le vide ! Je ne voyais pas, je ne comprenais pas ce que j'écrivais mais j'écrivais.

Ma semi-léthargie ne fut interrompue que par une voix qui m'était déjà presque familière.

- Jeune homme, excusez-moi, mais j'aimerais vous inviter à souper ce soir. Si vous êtes libre, bien entendu.

Cette invitation, aussi directe qu'inattendue, me remplit de joie. Surpris mais ne désirant pas montrer mon empressement à accepter ni surtout mon émotion, j'attendis quelques secondes avant d'y répondre.

- Avec grand plaisir, j'aimerais tellement en savoir plus sur toute cette histoire.

- Parfait, pourriez-vous me rejoindre à la mairie vers 18h30 ?

- J'y serais, je vous remercie sincèrement de votre invitation.

- C'est un plaisir partagé, jeune homme, à ce soir…

Elle me quitta sur ces quelques mots, j'en profitais pour rejoindre ma chambre d'hôtel afin de prendre un peu de repos. Après une sieste réparatrice de trois heures, je pris une douche vivifiante, revigorante et me rendis de ce pas à mon rendez-vous.

Moi qui ne connaissais pas la mairie il y a encore quelques heures, j'allais en être un habitué. Cette pensée me fit sourire.

Je ne mis que quelques minutes pour rejoindre le bâtiment municipal. Arrivé devant la porte, je vis s'avancer madame Amfredi dans le hall.

Je la trouvais vraiment belle. Elle marchait avec une assurance et une élégance qui m'avaient tout de suite séduit. Dès le premier regard, j'avais ressenti pour elle une grande attirance. Je ne me l'expliquais pas car c'était la première fois que j'éprouvais cette sensation auprès d'une femme surtout bien plus âgée que moi. J'avais appris lors de mes pérégrinations du début d'après-midi, que madame le Maire allait bientôt fêter ses 50 ans.

Elle ouvrit la porte avec fermeté ce qui contrastait avec la douceur que dégageait tout son être.

Elle me regarda et, dans un sourire, me dit :

- Si vous êtes prêt, je vous invite à me suivre chez moi.

- Je suis tout à vous, dis-je un peu malicieux et très intrigué par la manière directe dont elle me parlait.

Allais-je enfin connaître la vérité sur cette légende ?

Aguaja existait-elle vraiment ?

Durant le court trajet nous séparant de sa demeure, je me posais mille questions, toutes plus folles les unes que les autres. D'ailleurs depuis le début, toute cette histoire m'étonnait ; la librairie, le livre… qui m'aurait choisi, l'histoire elle-même, l'auteur Amfredi et maintenant sa fille, tellement surprenante.

La maison de madame Amfredi était majestueuse. Construite toute en briques et bois, elle s'imposait dans le village.

La visite du parc, qui débordait d'arbres et de fleurs aux couleurs divines et variées, fut merveilleuse, intemporelle. Le temps existait-il d'ailleurs ?

L'humidité ambiante faisait rejaillir des senteurs souvent douces, parfois enivrantes. Ce coin de verdure semblait être isolé du reste du monde. Rien qu'en le voyant, on s'y sentait bien, en paix.

Pendant un instant, il me fit penser à ces lieux mystiques qui servaient de refuges aux prêtresses de l'Ile de Bretagne.

Ce lieu, qui pouvait paraître si banal à tout à chacun, me fit oublier toutes les difficultés du quotidien. Il était magique voire irréel.

C'était un peu de mes rêves et de mes sentiments que je retrouvais là. Je n'avais éprouvé ce genre de sensation qu'en plongeant dans l'atmosphère si mystérieuse des légendes celtes. Dans les brumes de l'ancienne Erin, j'avais déjà connu ce subtil mélange de réalité et de pure magie. C'était un peu comme si une force impalpable m'enveloppait, me transportait dans un monde parallèle. Les sorcières ou les fées, étaient-elles entrées en action ?

Madame Amfredi, partageait-elle ce moment avec moi ?

Je l'espérais sincèrement.

Elle me fit sortir de ce rêve éveillé en m'invitant à la suivre dans sa demeure.

Là, elle m'expliqua chaque objet, leur provenance, leur histoire, parfois grandiose comme pour ce sabre napoléonien cadeau d'un collectionneur sud-américain et grand admirateur de Monsieur Amfredi et de ses recherches.

La visite dura plus d'une heure. A son terme, elle m'invita à partager un verre et me fit découvrir quelques spécialités de la région.

Le soleil commençait à baisser quand elle me dit d'un air espiègle :

- Depuis le temps que l'on se connaît, il faudrait quand même que l'on se présente.

Avant que je puisse prononcer le moindre mot, elle reprit.

- Jeune homme, pourriez-vous m'appeler par mon prénom ?

Elle me formula cette demande sur un ton autoritaire et continua à parler sans me donner ce prénom que j'attendais maintenant avec une certaine impatience.

Il semblait que, pour elle, tout cela n'était qu'un jeu.

La suite de nos échanges conforta mes premières impressions à son sujet. Elle aimait vraiment par des mots ou des silences tester ma profonde sincérité, les raisons de mes engagements ou de mes choix. A cet instant je ne comprenais pas bien cela et je n'en voyais surtout pas la raison mais il y avait bien une logique derrière sa manière d'agir avec moi…

Elle reprit une nouvelle fois et, tout en riant, me dit :

- Mon prénom est Cassandre.

- Cassandre, comme la fille de Priam ! Auriez-vous le don de prophétie ?

Malgré ma réaction surprenante, elle me répondit d'un ton enjoué.

- Vous ne croyez pas si bien dire jeune homme, j'ai le pouvoir de dire votre avenir… et le mien.

Ne comprenant plus grand-chose à cette discussion, je décidais de prendre à mon tour la parole en utilisant cette forme de jeu qu'elle semblait apprécier.

- Cassandre, je vais également vous dire mon prénom…

- Faites, faites jeune homme, me dit-elle toujours joyeusement.

- Je me prénomme Erick.

- Eh bien Erick, nous sommes maintenant en véritable terrain de connaissance et de ce fait, je vais vous faire une dernière petite requête.

- Faites, faites, lui dis-je, reprenant l'une de ses expressions favorites.

- Nous appeler par nos prénoms c'est une chose, il serait cependant plus agréable de nous tutoyer. Nous sommes si proches l'un de l'autre !!!

Cette dernière phrase sibylline me surpris une nouvelle fois. Que voulait-elle bien dire ?

Je ne la connaissais pas vraiment, notre rencontre était si récente et pourtant j'avais l'impression de l'avoir toujours connue, de la comprendre et cela me faisait peur.

L'inconnu fait toujours peur même si, dans le cas présent et paradoxalement, il apaise. Ma crainte que je ne pouvais expliquer, était de lui faire ou dire quelque chose qui la ferait s'éloigner…

A cet instant, je ressentais auprès d'elle un sentiment inconnu, fort, étrange et surprenant : l'osmose. Nous étions deux êtres aussi identiques que différents.

Durant toute cette réflexion, je la regardais et savais qu'elle aussi comprenait et éprouvait la même chose que moi. Cette sensation était si forte que le temps même semblait s'être arrêté sur ce paradis.

Nous n'avions pas besoin de mots pour nous parler, nos silences étaient de si longues phrases...

Elle paraissait, à l'opposé de moi, connaître et maîtriser cet étrange phénomène. Elle me fit comprendre plus tard que, moi aussi, je le connaissais, le maîtrisais mais l'évitais par une peur ancestrale due à notre civilisation.

Ce sentiment était le plus simple, le plus inconnu bien que le plus souvent promulgué : *l'Amitié*. Pas l'amitié banalisée mais un sentiment plus puissant, plus fort que l'amour même.

Ces instants de pensée, un peu loin de la réalité et de Cassandre, furent interrompus par l'un de ses mouvements. Elle venait de poser avec une infinie élégance un léger gilet crème sur ses épaules, puis me dit :

- Erick, si tu le veux bien nous allons passer à table.

Elle m'invita à prendre le repas devant le feu crépitant d'une grande cheminée. L'ampleur de son foyer, pouvant engloutir un agneau en son entier, laissait penser à de grandioses et anciennes agapes.

La chaleur de ce feu était la bienvenue car la nuit, qui commençait à tomber, apportait avec elle une fraîcheur que j'avais déjà ressentie le matin même. Ce refroidissement contrastait avec la chaleur de la journée.

Depuis mon entrée dans la librairie jusqu'à mon arrivée à Saillagouse, tout me paraissait différent, plus sensitif. Je ressentais des choses que j'avais imaginées mais que je croyais n'être que des rêves.

Je revins une nouvelle fois à la réalité auprès de ce feu qui me paraissait si doux, tout me paraissait doux d'ailleurs quand j'étais avec elle. La lumière tamisée, qu'il produisait, ajoutait une dose d'irréel à ce moment particulier.

Je comprenais maintenant encore mieux mes nombreuses lectures sur les légendes liées au feu, car oui on ne se refait pas, mes recherches universitaires influencent bon nombre de mes pensées…

Aucun autre élément que le feu ne pouvait créer une telle atmosphère sauf le vent peut-être. Il est amusant de voir qu'ils sont tous les deux souvent vénérés pour leurs forces destructrices mais avec une arrière-pensée toujours positive : la purification pour l'un et le message pour l'autre. J'étais en train de me purifier auprès de cet âtre crépitant, je purifiais mon âme depuis le début de cette histoire d'ailleurs.

Je fus surpris d'entendre à cet instant le souffle persistant d'un vent montagnard.

Après la purification, les messages arrivaient, transportés par ce souffle vibrant qui semblait me parler. Etait-ce les voix des sorcières de LLo ?

Je fus une nouvelle fois rattrapé par le moment présent et par Cassandre qui reprenait la parole.

- C'est ici que mon père me contait ses histoires. Ce sont de bons souvenirs que j'aimerais partager avec toi. Je ne pourrais d'ailleurs les partager qu'avec toi. Qui d'autre pourrait comprendre ?

C'est d'un ton rêveur, emprunt d'une grande mélancolie, qu'elle me fit cette confidence si personnelle. Je réalisais qu'elle cachait, malgré son assurance maîtrisée, une grande tristesse. Son père et peut-être d'autres personnes, enfouies au fond de ses souvenirs, lui manquaient.

Ne voulant pas l'arracher à ses pensées et précipiter ses confidences, je restais silencieux et me mis à scruter la pièce dans laquelle je me trouvais.

Elle était grande, les murs en brique étaient nus ou presque. Je n'y voyais que quatre symboles placés, semblait-t-il, aux quatre points cardinaux. Avaient-ils une signification ? Rien n'était moins sûr. Le mobilier se composait d'une grande table rectangulaire, aux pieds finement ciselés en forme de naïades, et de quelques meubles qui avaient tous un point commun ; ils étaient sombres.

Sombre comme semblait être Cassandre à cet instant.

Le temps était suspendu, une éternité s'était écoulée mais je n'osais pas la déranger dans sa réflexion intérieure. Je savais moi ô combien cela pouvait être important. Je n'arrêtais pas de bouger, je ne tenais plus en place sur ce fauteuil qui me semblait alors inconfortable. Mille questions s'entrechoquaient dans ma tête et autant d'hésitations à reprendre la parole, mais il le fallait, il le fallait vraiment...

Avec une grande douceur et beaucoup d'affection, je lui dis :

- Cassandre, Cassandre, vous allez bien ?

Sa réponse fut instantanée et une nouvelle fois déconcertante.

- Erick, je t'ai dit de me tutoyer.

Puis plus rien, elle était repartie dans ses songes.

Ne sachant trop quoi faire mais certain qu'elle m'entendait, je lui posais les questions qui me hantaient.

- Cassandre, pourriez-vous, oh pardon, pourrais-tu me parler de ton père ?

- C'était un homme généreux. Sa famille émigra d'Italie au début du siècle. Son père fit fortune en vendant des objets très rares. C'est de ce métier que naquît la passion de mon père pour l'histoire.

Après une profonde respiration de quelques secondes, elle reprit :

- C'est aussi cela qui l'a tué.

Ce dernier mot me fit frémir. Elle savait donc comment et pourquoi son père était mort.

Sans sourciller, elle continua son récit. Elle semblait être ailleurs, loin de ce monde.

- Lors d'un voyage à Tarragone en Espagne, il découvrit de vieux manuscrits monastiques qui avaient survécu aux foudres destructrices de l'Inquisition. Ces écrits racontaient la vie d'une jeune femme très belle et mystérieuse…

- Aguaja, lui dis-je sans pouvoir me contrôler.

Mon intervention soudaine n'eut pas d'effet, elle ne m'entendait pas.

- Cette femme, du nom d'Aguaja, devint l'unique raison de vivre de mon père. Il décida de tout connaître de sa vie et, pour cela, parcouru le monde entier. Cette quête lui a notamment permis de localiser : le Sègre. C'est pour cela qu'il s'installa avec ma mère à Saillagouse.

C'était la première fois qu'elle faisait référence à sa mère.

- Ma mère est morte depuis de nombreuses années dans un accident de voiture. Cette mort tragique enferma mon père dans l'écriture. L'histoire d'Aguaja devint l'unique but de sa vie. L'ouvrage, que tu as eu entre les mains, fut en quelques sortes… son testament !

Cette phrase concluait son récit. J'avais appris de nombreuses choses sur Aguaja mais le doute subsistait et de nombreuses interrogations tiraillaient mon esprit.

Du fait de l'heure tardive, je pris congé en laissant Cassandre à sa réflexion. Je ne pourrais obtenir de nouvelles réponses à toutes mes questions et surtout à la Question qui m'obsédait.

Je pris le chemin de ma chambre d'hôtel et, durant le trajet, toute cette soirée dense et mystérieuse repassa devant mes yeux, comme dans un grand rêve éveillé. Toute cette histoire était folle et moi-même je devais être un peu fou.

Cette femme, qui apparaissait d'une grande sûreté de prime abord, cachait une très grande sensibilité. La disparition de ses parents l'avait touchée au plus profond de son être. Notre premier échange a fissuré, de sa seule volonté, la faible couche de vernis qui masquait sa vraie personnalité aux yeux des autres.

Je comprenais très bien ce besoin de se cacher. Moi-même, j'étais entré dans cette quête d'Aguaja car je me sentais obligé de masquer ma véritable personnalité aux yeux des autres, de tous. Je recherchais avec insistance cet être qui accepterait un simple partage, en confiance, en respect.

Aguaja, bien que sortie d'un écrit, me semblait être cette entité recherchée.

La cloche de l'église sonna cinq heures quand j'arrivais dans ma chambre. Au lieu de dormir, je pris une douche rapide et partis aussitôt me promener le long du Sègre.

Je fus émerveillé par la beauté des paysages verdoyants. Comme une armée de guerriers protégeant le cours d'eau, les grands pins fixaient fièrement l'azur de leurs flèches pointues.

Après une bonne demi-heure de marche paisible, je me suis assoupi contre un arbre, épuisé par cette journée riche en intense émotion !

Je fus réveillé par une pluie fine et chaude. Il était 15 heures à ma montre. J'avais dormis si profondément que je n'avais même pas entendu le cultivateur qui travaillait dans le champ voisin. Voyant que je me levais, il s'approcha de moi et me dit : « *Et bien jeune homme, c'est difficile de faire la fête.* »

Je ne me rappelle plus ma réponse. Seul son visage jovial resta ancré dans ma mémoire.

Aguaja

Livre Second

La révélation

Aguaja

Après l'épisode pittoresque de l'agriculteur, je repris la route du village pour m'arrêter prendre un café. Sitôt assis et avec les effluves suaves sortant de la tasse, mon esprit s'est mis à vagabonder.

Une main frôla mon visage et me fit sortir une nouvelle fois de mes rêves. C'était Cassandre. Elle prit place à mes côtés et me demanda ce que j'avais fait de ma journée.

Je lui fis le récit de ma balade méditative et contemplative depuis le départ de sa demeure jusqu'à mon réveil et ma rencontre avec le paysan.

Elle me questionna avec insistance pour connaître ces pensées qui avaient accompagné ma promenade. Comment lui avouer que c'était vers Aguaja et elle que mes pensées étaient tournées ?

Alors pour détourner ces interrogations, je revenais toujours et inlassablement sur cette anecdote avec le cultivateur.

Cette histoire la fit beaucoup rire et la surprise se lisait sur le visage des consommateurs installés aux tables voisines. Ils semblaient tous si étonnés de voir Madame le Maire si joyeuse.

Cassandre m'invita à loger chez elle. Je fus surpris de cette invitation aussi inattendue que soudaine.

Cependant cela ne me déplaisait pas et après quelques hésitations, de pure forme, j'acceptais avec grand plaisir.

Il ne me faudrait qu'un instant pour rassembler mes bagages et régler ma note d'hôtel. Je lui proposais de la retrouver à la mairie, pensant qu'elle avait à y faire. Mais elle me dit qu'elle m'attendrait là, je filais donc pour revenir auprès d'elle le plus rapidement possible.

De retour, je suivais Cassandre jusqu'à ma nouvelle demeure. Je fus surpris de cette idée possessive, après seulement deux petites journées, mais, au fond de moi, j'avais la sensation que, ce qui était à elle, était aussi un peu à moi.

Après m'être installé, Cassandre m'invita à découvrir la bonne table d'un restaurant de sa commune.

L'angélus sonnait quand elle m'emmena au Crapahuteur, pour y déguster des mets très raffinés à la saveur pyrénéenne. On commença ce repas par un «ceviche de crevettes et de Saint Jacques» qui me rappela mes voyages dans les hauteurs andines. Cassandre m'expliqua d'ailleurs que la recette fut offerte au chef par les élèves du Lycée Français de Quito lors de leur voyage à Saillagouse.

Il est amusant de voir ce que la nourriture peut engendrer et à partir d'un simple plat, déclencher une grande discussion sur mes voyages sud-américains. Cassandre n'y était jamais allée mais son esprit fourmillait de souvenirs suscités par les longs échanges avec son père.

Le repas se poursuivit par une escalope de foie gras poêlée puis une tendre tranche d'agneau catalan relevé d'une sauce à la moutarde de Saillagouse et accompagné d'haricots tarbais. On ne pouvait poursuivre ce repas sans un morceau de tomme pyrénéenne fruitée, le tout arrosé d'un excellent vin de l'Aude.

Ce dîner de gastronomes se termina par une tartelette aux pruneaux.

Alors que la soirée était déjà bien avancée, Cassandre me proposa une longue et charmante promenade le long du Sègre. Elle resta muette, en contemplant le ciel et ses milliers d'étoiles. Elle semblait les connaître toutes comme si elle faisait partie intégrante de ces astres célestes. Elle s'attarda un peu plus longtemps sur l'une des constellations : l'Aigle. Elle m'apprit qu'elle était située à peu près sur l'équateur céleste et qu'elle était facilement reconnaissable car dotée d'étoiles assez brillantes. Répertoriée par Ptolémée dès le IIe siècle, elle fait partie du triangle d'été.

Cassandre me transporta littéralement dans les étoiles, elle avait une connaissance des choses de la nature qui me semblait bien plus que livresque. Elle semblait ne faire qu'un avec la Nature et tous ses éléments. J'étais subjugué par ce savoir et par cette facilité qu'elle avait à le partager.

On quitta alors la lumière des étoiles pour revenir à l'obscurité des paysages devant nous. Malgré la magie de ce moment, je ne pouvais oublier Aguaja dont l'histoire m'obnubilait.

Le vent frais du soir vint nous envelopper, faisant frissonner Cassandre. Je lui posais délicatement mon pull sur les épaules.

Elle me regarda et me fit un petit sourire.

- Que c'est touchant, que c'est romantique, finit-elle par me susurrer.

Me voyant gêné, elle éclata de rire, prit ma main, me fit une tendre bise sur la joue puis passa mon bras autour de son cou.

- Allez viens, je ne voudrais pas que tu attrapes froid par ma faute… on a tellement de choses à faire ensemble.

J'étais totalement perdu par ses mots, ses réactions ; je ne savais plus quoi penser. Mon désarroi accentua son envie de rire, et plus elle riait, plus j'étais désemparé.

J'avais du mal à analyser la subtilité de mes sentiments pour elle et des siens pour moi. Je me demandais vraiment *si nous n'étions pas un seul et même être*.

Y avait-il de l'amour ?

Sans conteste, j'éprouvais pour Cassandre un amour profond mais troublant car il était plus que charnel.

Notre promenade se termina enfin, le temps n'avançait plus, mes pensées étaient obsédantes. Une fois dans la voiture, je repris un peu d'assurance mais pas assez pour oser lui parler. Le confinement forcé de l'habitacle amplifia mon malaise.

J'étais troublé en la sentant là près de moi. Elle ne se gêna pas pour se moquer de mon trouble et elle avait bien raison d'ailleurs.

Dès notre arrivée dans sa demeure, nous partîmes chacun de notre côté. La nuit fut très courte, je ressassais tout ce qui m'était arrivé depuis le début de mon séjour.

En trois jours, j'avais appris plus sur moi et sur la vie que dans tout le reste de mon existence. A cette seule pensée, j'eus un léger sourire. Je n'étais d'ailleurs pas au bout de mes surprises.

Le lendemain, je me levais à l'aurore, la maison était encore endormie. Ne voulant pas réveiller Cassandre, je suis sorti me promener dans le parc.

Une légère bise, associée à une rosée aux mille éclats, m'enveloppa, et me fit frissonner. Les fines gouttelettes, perlant sur les fleurs, donnaient un spectacle féerique. La fraîcheur matinale n'était déjà plus qu'un lointain souvenir. Ma promenade solitaire dura plus d'une heure. Elle fut d'une grande quiétude, seul le chant mélancolique des oiseaux semblait rompre ce silence matinal.

J'aime ces matins, ils permettent de mettre en éveil tous les sens : le toucher, la vue, l'odorat et l'ouïe. Nous y percevons un peu plus l'air et le vent, les paysages, les senteurs et les bruits de la faune juste éveillée. Sur ces dernières pensées, je retournais vers la maison et aperçus Cassandre.

Alors que je m'approchais en silence de l'endroit où je l'avais vue, une main vigoureuse me fit sursauter. Avant d'avoir pu esquisser le moindre mouvement, je reçus deux bises d'une infinie tendresse. C'était Cassandre qui semblait assez fière de son surprenant salut matinal.

Ma réponse à cet accueil des plus chaleureux ne se fit pas attendre et c'est avec un plaisir non dissimulé que je lui rendis ses deux bises. Ce geste sembla profondément l'émouvoir et, à son regard, j'ai compris qu'un nouveau palier de notre relation était franchi.

La spontanéité est sans conteste l'une des forces de la sincérité pure, elle ne laisse pas le temps aux calculs. Mais cette spontanéité peut également s'avérer problématique car elle nous fait faire et dire des choses qu'il faudrait parfois laisser sous silence.

Chacun se réclame de la vérité mais peu l'utilise. Se cacher, taire ses pensées et ses sentiments, cela revient souvent à se protéger et à protéger l'autre. Nous nous sentons souvent mieux dans l'omission car elle n'est pas le mensonge mais le voile de la vérité.

Avec Cassandre, si je ne ressentais pas le besoin de me cacher, je redoutais parfois ses réactions à ma franchise. Pour sa part, elle ne semblait pas craindre mes propres réactions.

Durant tout le déroulement de cette scène, et bien au-delà d'ailleurs, je l'ai contemplée. Elle était vêtue d'un peignoir de satin bleu qui laissait entrevoir une longue chemise céladon et la rendait, à mes yeux, merveilleuse voire irréelle. Outre sa tenue, son charme était accentué par cette authenticité que le matin confère aux êtres purs. J'en oubliais presque Aguaja et me demandais, à cet instant précis, si ce livre n'avait pas été écrit pour que l'on se rencontre ? Rien n'était moins sûr.

Ce sentiment indéfinissable, que j'éprouvais pour Cassandre et qui était ancré au plus profond de moi, me semblait plus fort que tout. Cassandre, me voyant légèrement troublé, m'invita à prendre le café sous la tonnelle couverte d'ampélopsis et de renouée blanche aux senteurs enivrantes.

Assis face à Cassandre, je ne pouvais détourner d'elle ni mon regard ni mon esprit, tous deux envoûtés. Bien que luttant intérieurement pour ne pas la fixer, mes yeux se concentraient sur ce corps très féminin là devant moi.

Mon attitude me fit craindre une mauvaise réaction de sa part. Mais elle n'en fit rien, tout cela semblait au contraire la réjouir. Elle paraissait heureuse que je la contemple non seulement avec envie mais aussi avec une affection profonde.

Elle ressentait, c'est certain, que je la voyais telle qu'elle était… naturelle. Elle n'avait pas besoin de se masquer avec moi, de se couvrir d'apparats. Peu m'importait même sa beauté physique car elle me permettait de découvrir, une chose plus personnelle et plus rare, sa beauté intérieure, son cœur, son âme

Après quelques minutes, Cassandre quitta la table sans dire un mot et revint, un peu plus tard, dans une robe bleu clair qui la rendait encore plus belle… à mes yeux du moins. Son teint légèrement mordoré était rehaussé par un délicat maquillage qui l'illuminait. Ses cheveux, laissés aux quatre vents, étaient, un peu ébouriffés. Elle m'offrait une double image : celle d'une femme à la fois sauvage et sobre.

Dès qu'elle fut près de moi, elle me dit : « *Je l'ai mise pour toi. Avant seul mon père l'avait vue.* »

C'était pour moi une nouvelle preuve de son affection et je ne pus m'empêcher de lui exprimer mon admiration. J'étais tellement troublé que ma phrase en fut fortement saccadée.

- Cassandre, tu es merveilleuse…, cette robe te va à ravir. Ce matin…tu m'avais déjà … troublée… et j'avoue que cela continue…

- Serais-tu en train de me charmer, petit coquin ?

- Non,… ce n'est pas ce que je… souhaitais faire… mais… enfin… je te trouve ravissante…

- Flatteur en plus, cela me touche que tu me dises cela. Je sais que tes mots sont pensés, j'ai compris que tu avais quelques sentiments pour moi…

Aguaja

- Oui, enfin non, … ce n'est pas ce que je veux dire… Naturellement que j'ai des sentiments pour toi mais…

- Nous reparlerons de cela plus tard, profite de ce moment pour me poser toutes les questions que tu veux, je sens que ton esprit en est plein.

- Pourquoi vis-tu seule ?

- Personne n'a encore su me comprendre.

- Pourquoi m'avoir choisie ?

- Mauvaise question, il n'y a pas eu de choix. Ce genre de relation ne se choisit pas, on l'espère, on l'attend et il ne faut surtout pas la laisser s'envoler quand elle passe.

- D'autres sont-ils déjà venus ?

- Naturellement, mais ce lien n'existait pas, aucun n'était comme toi et ne sera comme toi avec cette force et cette sincérité dans les sentiments, avec cet esprit rêveur qui me plait tant, avec tes doutes que tu ne peux cacher, avec la certitude que tu as un rôle important à jouer.

- Tu me flattes Cassandre.

- Je ne flatte jamais tu peux en être sûr. Ce que je t'ai dit, c'est ce que je ressens.

Désireux de couper court à cette situation aussi plaisante qu'embarrassante et impatient surtout de lui poser une question cruciale, je poursuivais.

- Connais-tu Aguaja ?

- Naturellement.

- N'est-elle qu'un rêve ?

- Nul n'est rêve.

- Serait-elle donc vivante ?
- Comme toi et au moins comme moi.

Cette réponse me laissa perplexe. Qu'entendait-elle par « *au moins comme moi* » ?

Se pouvait-il qu'un lien puissant unisse ces deux femmes ? La part d'ombre impénétrable de Cassandre était-elle ce lien ?

Une nouvelle question me traversa alors l'esprit et la réponse pourrait se révéler capitale.

- Pourrais-je la voir ?
- Ne sois pas impatient, apprend à me connaître avant de la connaître ! me coupa-t-elle.

J'attendais une réponse mais celle-ci me laissa perplexe, me déçut même. Il m'avait longtemps semblé que tout ce petit « jeu » n'était qu'un stratagème pour m'ouvrir les portes de la vérité…enfin de ma vérité… ou plus sûrement de mes rêves. Mais ne voulant pas la décevoir, je n'insistais pas d'avantage. Ce jour n'était pas le bon, je devais être patient.

J'invitais donc Cassandre à déjeuner dans une auberge de montagne proche du village. Le repas fut haut en couleur. Nous avons dégusté jambons et fromages aux arômes à la fois prononcés et subtils. Nous partagions ce goût, ce besoin de consommer des aliments vrais, nés de la terre et du travail des hommes. Cela faisait partie de cette communion que nous avions avec la nature.

Cassandre me fit ensuite découvrir un petit lac isolé dans la montagne. Tous les deux, nous rêvions, nos rêves étaient liés, je le sentais. Il est agréable de savoir qu'il y existe sur la Terre quelqu'un avec qui nous sommes en phase, plus besoin de mots pour nous exprimer. Un regard, un sourire, un frôlement voire rien et nous savions ce que l'autre pensait. Ce ressenti est troublant et il ne peut s'expliquer, le mystère, dans ce cas précis, est d'une grande richesse.

Le retour à la civilisation fut des plus périlleux. La nuit nous avait rattrapés et l'obscurité avait transformé le sentier pourtant si anodin le jour. De légères déformations dans le chemin devenaient des obstacles, la végétation, comme une série d'ombres chinoises, formait une immense allée parfois inquiétante comme certains souvenirs de nos histoires enfantines et d'autre fois bienveillante car propice à une douce rêverie.

Après quelques hésitations, tâtonnement et trébuchements, nous aperçûmes les premières lueurs du village qui mettaient fin à notre périple nocturne. J'ajouterais malheureusement car désireux d'aider l'autre à avancer sans encombre dans cet « abîme », nous nous sommes frôlés, touchés, tenus et retenus.

Chaque contact provoquait un long frisson comme au moment où Cassandre a trébuché là à mes côtés. D'un mouvement alerte, j'ai alors essayé de la rattraper mais au lieu d'atteindre son épaule ma main rencontra son sein. Un peu gêné, je retirais rapidement cette main devenue embarrassante. De son côté, elle n'a pas eu de réaction, seul son regard répondit à mon doute : « *il n'y a pas de problème, cela aussi fait partie de notre partage, tu le comprendras bien assez tôt.* »

Ma respiration, qui s'était emballée, devint plus calme, retrouvant son rythme habituel. Cette réponse silencieuse mais si parlante m'avait réconforté.

De retour chez elle, la soirée, ou plutôt la nuit, se poursuivit par un repas très romantique devant la cheminée qui dégageait une chaleur feutrée. J'avais été très surpris du désir de Cassandre qui souhaitait que j'allume le feu alors que la chaleur était encore présente. Mais je n'ai pas voulu la contredire, j'avais en elle une confiance presque aveugle que je ne pouvais expliquer. Elle était sur certains points un miroir de mon esprit, de mon âme. Nous avions les mêmes inspirations parfois.

D'ailleurs dès que le feu s'est mis à crépiter dans l'âtre, j'ai compris toute son importance. Il créait par sa lumière tamisée jaune orangée une atmosphère si particulière Même sa chaleur était différente de celle de l'air ambiant, elle dégageait un bien-être. Le feu, avec sa lumière et sa chaleur, fut sans doute l'un des éléments majeurs de la civilisation de l'homme, j'attendais alors de celui-là un nouvel éveil sur mes interrogations présentes.

Aguaja

Cassandre, qui s'était absentée durant cette « mise à feu », revint avec des albums de famille. Elle me montra des photographies qui me permirent de mettre un visage sur ses parents.

Monsieur Amfredi paraissait être un homme à la fois jovial et sérieux. Madame Amfredi, qui était d'une grande beauté, semblait plus réservée. Cette beauté n'était pourtant pas celle de Cassandre. D'ailleurs aucun lien physique apparent ne l'unissait à ses parents. De même, je fus intrigué de ne voir aucune photographie de Cassandre bébé, enfant, adolescente. Elle ne semblait être née qu'à l'âge adulte, phénomène impossible au demeurant.

Voyant mon trouble et mes interrogations, elle passa rapidement sur le reste des photos, éludant cette partie de son passé. Je ne lui ai pas demandé les raisons de cet empressement. Je devinais que ce n'était pas le moment. Je percevais et ressentais la moindre de ses sensations, de ses émotions. Il y avait entre elle et moi un sentiment de compréhension et de complicité silencieuse. Elle était moi et j'étais elle.

Durant la semaine qui suivit, je n'obtins pas d'autres informations sur Aguaja. Cassandre, absorbée par ses obligations municipales, n'y fit pas allusion. Je profitais de cet intermède pour visiter la région de Saillagouse, seul ou parfois en sa présence quand son travail le permettait.

Ce temps fut également celui des échanges sur nos centres d'intérêts, nos lectures et nos musiques.

Cette découverte mutuelle à travers nos goûts, nos désirs, nos loisirs fut des plus enrichissante.

Je débutai mes visites solitaires par Err, petit village situé au pied du massif du Puigmal dans une vallée ouverte et arborée. J'ai pu y admirer et détailler sa « Vierge Noire » qui, n'avait de noir que le nom. Une restauration récente lui avait donné une « peau » d'une grande blancheur et une finesse de trait qui n'était pas sans rappeler Cassandre. Vraiment perturbé par cette vision, je n'arrivais pas à m'enlever cette idée saugrenue, irrationnelle qui voulait qu'Aguaja soit toujours bien vivante et en plus sous les traits de Cassandre.

Mes autres visites m'amenèrent à Llo, le village des sorcières, et ses bains d'eaux chaudes et sulfureuses dans lesquels je me suis régulièrement baigné. J'y retrouvais le calme et la sérénité me permettant d'avoir l'esprit un peu plus clair sur toute cette intrigue. Il m'est arrivé une petite histoire amusante dans ces bains.

Lors d'une baignade, je fis la connaissance d'un instituteur à la retraite qui avait entrepris depuis plus de trente ans des recherches sur *sa montagne*, comme il aimait l'appeler. Verve et barbe fleuries, cet homme semblait d'une infinie gentillesse, d'une douceur qui contrastait avec son imposant physique. Il me raconta de nombreuses et anciennes histoires sur la vie dans la montagne pyrénéenne et notamment dans un village au nom surprenant de

« Yo ». Il avait un accent très marqué et se surprenait de mes incompréhensions quand il m'évoquait le nom de son village qui n'était en fait que Llo. Souvent son récit était entrecoupé de retour en arrière sur ses années d'enseignement, il regrettait ce temps où il pouvait partager son savoir. Il appréciait donc mon oreille attentive. J'ai essayé plusieurs fois de lui faire évoquer Aguaja et Monsieur Amfredi mais il détournait avec belles manières mes invitations. Je décidais de ne plus l'interrompre et je consommais avec grand plaisir ses connaissances.

Ces bains furent aussi le théâtre d'un autre échange bien différent avec Cassandre qui m'y accompagna lors d'une belle fin de soirée. Je profitais de ce moment de grand calme pour évoquer la légende des sorcières rattachée à Llo et ses environs. La tradition orale veut qu'elles furent emmurées vivantes dans une grotte par des villageois excédés après qu'elles aient porté des blasphèmes et profaner des tombes.

Dans un premier temps, Cassandre écouta mon récit sans sourciller puis elle me dit :

- Erick, tu ne vas pas croire à toutes ses sornettes, pas toi ! Il n'y a jamais eu de sorcières à Llo pas plus qu'à Err ou ailleurs…

Pourquoi avait-elle mentionné Err ? Cela avait-il avoir avec sa propre histoire ? Elle m'avait donné par cette réaction l'envie de lui poser ces questions mais dans le même temps, je ressentais dans sa voix un avertissement pour ne pas aller plus loin. D'ailleurs, elle continua avec force à me dire ce qu'elle pensait de ces fables.

- … tu vas peut-être aussi me parler de sabbat maintenant ? Eh oui, toutes les femmes sont un peu sorcières et nous pratiquons régulièrement de petites assemblées au clair de Lune. Tu sais bien que nous ne sommes pas très fréquentables pire même nous vous mangeons, vous autres pauvres hommes, après vous avoir abusés sexuellement…

Ce long monologue me laissait sans voix et je n'étais pas au bout de mes surprises car rien ne semblait pouvoir l'arrêter.

- … Tiens, si tu le désires, je t'emmènerais voir mes copines sorcières. Il existe encore une petite clairière où l'on se rassemble régulièrement et puis cela tombe bien, il y a justement un rassemblement ce soir…

Plus elle débitait ses mots, mélange de haine, d'agacement et de peine, plus je me sentais mal à l'aise. J'aurais voulu me faufiler loin de ses eaux qui me semblaient alors plus glacées que chaudes. J'étais pour ma part rouge de honte, fébrile et tremblotant en écoutant ce réquisitoire qui ne semblait pas prêt de s'arrêter.

- … et puis tiens, tu y seras notre sacrifié. Nous abuserons de ton corps et tu devras nous combler plus que de raison si tu ne veux pas subir mille sévices avant la mort.

Elle termina net sur ce dernier mot, la mort, qui semblait l'avoir pourchassée toute sa vie. Elle était dans un état de fureur tel que je n'osais rien dire, je ne trouvais même pas la force de la regarder. Ne comprenant pas la violence de sa réaction, j'aurais souhaité à cet instant devenir invisible. Tel un écolier réprimandé par sa maîtresse, j'essayais de faire tout petit !

Mes paroles sur la légende de Llo l'avaient vraiment affectée à un degré que je n'aurais pu imaginer, elle semblait touchée au plus profond de son être.

C'est tendus que nous quittâmes les bains sur cet épisode. J'étais triste, dépité et je m'en voulais de l'avoir à ce point contrariée.

Durant plusieurs jours, Cassandre ne me dit pas un mot, se contentant de quelques marques de courtoisie. Je ne savais pas comment renouer ce fil distendu. Elle me regarda souvent et fixement durant cette période, elle semblait me mettre à l'épreuve sans que je sache pourquoi ni si mon impression était justifiée.

Afin de reprendre le dialogue et de la ramener près de moi, je décidais de lui composer un poème, lui dévoilant ainsi l'un de mes plus grands secrets puisque depuis de nombreuses années j'écrivais sans en avoir jamais parlé à quiconque. Je considérais cela comme trop personnel mais pour elle tout était différent et je souhaitais que cette révélation soit mon cadeau pour me faire pardonner de l'avoir blessée.

Dès le lendemain aux premières lueurs du matin et pour la première fois, je pénétrais dans sa chambre. Cassandre était étendue sur un grand lit, juste recouverte d'un léger drap d'un vert amande. Seule dépassait sa tête. Son visage, qui captait la faible lueur s'infiltrant par les claires-voies des persiennes, était paisible. A ce spectacle intime, je ressentis une profonde bouffée de romantisme et une pointe d'amour pour cette dame devant moi.

Je m'avançais avec infiniment de précaution pour mieux la contempler. Elle s'éveilla ; avait-elle senti ma présence ?

- Cassandre, Cassandre, excuses moi pour cette intrusion matinale mais je désirais te dire quelque chose de très personnel que…

- Il n'y a pas de problème, me coupa-t-elle, viens t'asseoir près de moi.

Quel bonheur de retrouver cette voix douce et amicale que j'avais perdu depuis quelques jours. Je pris place sur le lit, juste à ses côtés. J'étais si proche que je sentais un doux parfum vanillé émanant de la nuisette qu'elle portait. Elle me fit un sourire d'une infinie tendresse, juste avant que je reprenne la parole.

- Tu sais, j'ai depuis longtemps une grande passion que je n'ai jamais avouée même à mes proches, j'écris des poésies.

- Petit cachotier avec tout ce que nous avons déjà partagé en quelques jours, tu ne m'as pas fait part de ce don.

- Ne parle pas de don, ce n'est qu'une passion et puis tu sais toi-même que nous avons tous une part d'ombre, de secret que nous protégeons plus que les autres.

- Je te mentirais en te disant le contraire et je suis très touchée de cette belle marque de confiance que tu me fais là. Alors, qu'écris-tu ? Veux-tu me lire quelques-unes de tes œuvres ?

- J'écris surtout des poèmes sur les sentiments, l'amour, l'amitié, la nature, toutes ces choses qui nous sont si proches à toi comme à moi. Mais, je n'ai pas apporté mes poésies, j'ai fait un peu plus je crois, j'en ai créé une pour toi.

- Je suis impatiente de la voir et de l'entendre surtout. Veux-tu bien me la lire ?

- Je venais justement pour cela et si tu veux bien, je préfère la déclamer dans cette pénombre. Je me sens si bien là près de toi.

- Moi aussi et je suis toute à toi. Allez lance-toi.

- J'ai appelé ce poème « Magie de l'écrit ».

« Tant de mots se bousculaient dans mon esprit même éveillé
Tant de mots que je ne savais poser sur le blanc papier.
Ma poésie, si aérienne, virevoltait haut dans les plaines.
Ma poésie est souveraine, loin des gens et de l'arène.

Plus barde que poète, mes vers étaient à voix basse clamés.
Dans mon univers secret, je ne pouvais les partager.
Mes poèmes étaient rêveurs et en avaient la saveur.
Mes poèmes étaient chaleur pour mon seul esprit et mon
cœur.

Afin de les écrire, il me fallait papier, plume et encre,
Pas de ceux trop connus, non il fallait que je les invente.
Mes rimes pour être sublimées ont besoin de cette magie là.
Mes rimes sont devenues beauté car j'ai vu en toi ce la.

J'ai pris une mèche de tes blonds cheveux et une autre de
moi.
J'ai tissé ces deux fils personnels pour transcrire mes émois.
J'ai pris quelques fines gouttes de tes larmes et des miennes,
je crois
Pour en faire une encre un peu magique et bleutée de
surcroit.

Nos cheveux devinrent papier, écrin de mes mots révélés.
Nos larmes furent cette encre éternelle née de nos corps
unifiés.
Mes poésies devinrent célestes quand elles furent ainsi
encrées
Par la plus grande des magies, celle des sentiments avoués.

Passons à la plume, lien entre mon esprit et le papier.
Belle plume encrant mes mots de brume et mes paroles
voilées.

Cette plume je l'ai cueillie sur tes ailes, pas d'ange, mais d'oiseau,
Petit animal rebelle pour qui ici j'exprime ces mots.

Par la magie de l'écrit, je te dépose mes sentiments.
Je peux le faire car dans la poésie mon cœur est ardent.
Par la magie de l'écrit, je te dis mon amie et amante.
Sans craindre les interdits car ce n'est qu'une poésie galante. »

Cassandre semblait bouleversée par ce texte que j'avais composé pour elle. Je vis des larmes d'émotion dans ses yeux et ressentis des légers sanglots dans sa voix quand elle put enfin me dire :

- Oh Erick, ton texte est une si belle déclaration d'amitié et d'amour. C'est un cadeau si précieux et sensible que tu m'as offert. J'en suis toute émue car personne ne m'avait dit de tels mots. Viens, approche-toi...

Je m'exécutais et elle me fit deux très tendres et profondes bises sur les joues. Ce trop plein d'émotion, qui en ressortait, me transporta littéralement. Si seulement le temps s'était arrêté là, que ces bises, ces baisers pouvaient durer toute l'éternité. Quand elle éloigna son visage, je posais mes mains sur mes deux joues comme pour figer, ancrer l'instant. Elle répondit à ce geste par un autre baiser à la volée que je capturais de la main pour le poser sur mon cœur. Je lui rendis le même baiser et elle en fit de même. Nous avions ainsi scellé une union inconnue, un amour inconnu des hommes.

Cassandre me questionna ensuite sur ce besoin d'écrire. Je lui expliquais avec franchise que c'était le seul moyen d'expression pour une personne timide comme moi.

Je pouvais ainsi exprimer tous les sentiments que j'éprouvais pour les gens ou les choses, sans la peur de mal faire car cela n'est qu'un écrit avec tous ses sous-entendus et ses multiples interprétations.

Elle me fit justement remarquer que les écrits avaient une importance et une valeur si grande que l'on pouvait blesser ou soigner avec. Un écrit touche l'âme et le cœur. Celui de son père n'avait-il pas touché d'emblée cette part sensible, cette curiosité que j'ai au plus profond de moi ?

Tous ces échanges, cette découverte, ce voile que je soulevais sur ma nature profonde et sur mes sentiments ne changèrent pas le comportement de Cassandre à mon égard.

Il me fallait cependant toujours attendre, malgré une grande impatience, le jour de la découverte.

Celui-ci arriva un samedi matin. Pour la première fois depuis mon arrivée, le temps était maussade. Le ciel grisâtre annonçait la pluie et l'orage. L'atmosphère était lourde et électrique tant à l'extérieur que dans la demeure. Même Cassandre avait changé. Ce fut le premier matin où elle ne m'embrassa pas.

Elle était vêtue d'une longue robe cramoisie taillée dans un tissu très épais. Cette vision me fit penser à une prêtresse d'un autre âge. Pour la première fois, il me semblait voir Aguaja telle que je l'avais imaginée. Cette folle impression était-elle justifiée ? Le doute posé par l'apparence physique de Cassandre ne pouvait empêcher une certitude plus profonde.

Durant un long moment, je l'observais, la dévisageais, impassible, elle me regardait également, son regard était lointain, était-elle avec moi ?

Je me décidais à prendre la parole car l'atmosphère du moment était si particulière, si étrange !

- Cassandre, tu m'entends. Cassandre, c'est Erick, répond-moi.

Elle n'eut aucune réaction. Ce n'était pas ou plutôt ce n'était plus Cassandre.

- Aguaja, est-ce vous ?

- Que de temps pour me reconnaître ! me dit-elle dans la foulée.

- Pourquoi n'avoir pas répondu quand je vous ai appelée Cassandre ?

- Tu devais me trouver. Nous aimons tellement jouer l'une comme l'autre, nous sommes les mêmes, me dit-elle en souriant. D'ailleurs tu devrais me tutoyer également car avec ce vous que tu emploies j'ai l'impression d'être plus éloigné de toi que Cassandre.

Je ne savais pas trop quoi lui répondre, j'étais subjugué comme envoûté. Depuis le temps que j'attendais, que j'espérais, Aguaja était enfin devant moi. Mon intuition était donc bonne, ces deux femmes n'en faisaient qu'une. Le plus étonnant c'est que je ne fus même pas surpris par le fait d'avoir devant moi une femme âgée de plusieurs siècles. La situation m'apparaissait des plus normales, des plus banales, n'était-elle pas un peu déesse après tout ?

Cette extraordinaire nouvelle fut même, pour moi, une immense joie mais Aguaja semblait, pour sa part, tourmentée. Ressentant son malaise, je m'adressais à elle en employant ce tutoiement si important pour la suite de notre relation.

- Aguaja, que t'arrive-t-il ?

- Je me demande laquelle de nous deux tu préfères… si tu en préfères encore une d'ailleurs ?

Elle avait fait cette réponse d'une voix craintive qui ne ressemblait pas à Cassandre mais bien à Aguaja. Avait-elle peur de me perdre ? Inquiétude que je comprenais parfaitement car moi-même je n'aurais pu supporter de la voir s'éloigner.

C'était bien là une situation cocasse, chacun de notre côté nous étions tétanisés par le même sentiment de crainte. Ne rien dire ou ne rien faire qui puisse entraîner la perte de l'autre.

Ce n'était pas un manque de confiance mais peut-être la crainte présente de nos véritables et profonds sentiments. Cette question, je me la suis posée cent fois, sans réponse. Je pense qu'elle eut la même interrogation mais, par respect, nous avons toujours tu cette partie de notre pensée.

Bien que connaissant une exceptionnelle osmose intellectuelle et sensitive, nous n'avons pas souhaité transformer cette relation alors que rien ne nous en empêchait, nous étions libres l'un comme l'autre.

Après cette réflexion et ne voulant la laisser plus longtemps dans ce doute, pire ce désespoir, je répondis à sa légitime interrogation.

- Je vous aime toutes les deux puisque vous ne faites qu'une. Ma préférence ne va pas à un nom mais à ta personne, n'ais aucune crainte à ce sujet. J'apprendrais à découvrir la personnalité d'Aguaja comme je l'ai fait pour Cassandre...

- Je te remercie, me coupa-t-elle, j'avais peur que tu nous détestes toutes les deux après ce petit jeu de cache-cache sur notre véritable et double identité.

- Rassure-toi, mon seul problème dorénavant sera de te choisir un nom. Je vais m'y perdre entre Cassandre et Aguaja.

Ce souci la fit beaucoup rire, c'était le côté taquin de Cassandre qui réapparaissait.

- Appelle-moi comme tu veux et je te ferai les réponses en fonction de ton choix. Ce sera notre jeu à tous les deux comme cela l'était avec mes parents.

- J'accepte volontiers ce jeu, en espérant ne pas y perdre la tête.

Après ces multiples émotions matinales, je me suis évadé le reste de la journée dans la montagne voisine, empruntant des sentiers de randonnée bien balisés mais aussi quelques voies de traverse si importantes. Toute cette verdure chatoyante, mêlée à l'air vivifiant caractéristique des Pyrénées, me donna une vitalité nouvelle.

De retour dans la demeure de Cassandre, je retrouvais le monde secret qui m'était apparu le matin même. Vêtue d'une robe citrine laissant apparaître un caraco noir, elle vint à ma rencontre.

- Bonsoir Erick, as-tu passé une bonne journée ? m'interrogea-t-elle.

- Très bonne, ta montagne est d'une beauté ensorcelante.

- Elle garde encore tant de secrets, me dit cette fois Aguaja.

Faire la différence entre ces deux voix m'était maintenant facile. La voix autoritaire de Cassandre était emprunte d'une certaine taquinerie. Celle d'Aguaja était réellement mystérieuse, envoûtante et d'une extrême douceur, elle semblait jaillir de tout son corps.

Une nouvelle période allait s'ouvrir, après la découverte d'Aguaja, j'allais enfin connaître les vrais mystères de son passé. A travers l'écrit de sa vie, je m'étais forgé un foule d'images de sa vie au Xe siècle. Il me restait à savoir si elle représentait la stricte et unique vérité.

Livre Troisième

La légende d'Aguaja

Aguaja

La vie passée d'Aguaja fut des plus trépidantes. Elle avait tout connu, aussi bien les honneurs que les déshonneurs.

Née en 912 dans une région de l'actuelle Estonie, elle faisait partie d'un peuple aux coutumes étranges. Seules les femmes pouvaient gouverner et tous les quatre ans un nouveau chef était choisi. La seule limite à ce pouvoir était que deux femmes d'une même lignée ne pouvaient se succéder.

Les croyances de cette peuplade reposaient sur ce qui est appelé de nos jours : la Mythologie estonienne.

Aguaja, par son rang particulier dans sa tribu et ses facultés hors du commun, fut éduquée selon nombres de préceptes édictés par les divinités locales et leurs représentants terrestres.

Chaque précepte incarnait un symbolisme fort référant à des connaissances mystiques développées depuis des siècles par les descendants d'Aguaja.

La jeune fille reçut cette éducation et développa des dons, des connaissances, des pouvoirs rares qui la firent devenir l'une des plus grandes magiciennes de l'histoire estonienne. Son existence fut passée sous silence durant tous ces siècles du fait du caractère impétueux de la jeune femme mais aussi de son départ vers des terres lointaines.

Sa formation a été des plus extraordinaires, elle reposa sur les anciennes traditions et les doctrines de dieux, déesses ou esprits aux noms enchanteurs et aux pouvoirs tout aussi merveilleux.

Elle débuta son initiation à l'âge de six ans dans une forêt du grand nord afin de maîtriser les pouvoirs *Ilmatütar, la fille de l'air et du monde*. Elle apprit à contrôler les éléments et à modifier durant quelques secondes la courbe du temps et ainsi se déplacer à l'insu des gens.

Cette première période terminée, elle avait atteint l'âge de huit ans et une force émanait déjà de ce corps frêle. Son éducation se poursuivit encore une année durant laquelle elle fut formée aux secrets de l'eau par une vieille femme, représentante terrienne de *Veehaldjas, l'esprit de l'eau*, connu également sous le nom de *Tisseur de sources*. Aguaja sut dompter l'eau et s'amusait à la faire jaillir là où elle ne pouvait exister. Elle avait obtenu ainsi le don de donner un bien précieux nécessaire à la vie.

A neuf ans et durant quatre années, elle dut subir le difficile apprentissage des forces telluriques et de la mort dans l'antre même du diable. Elle passa tout ce temps avec *Põrguneitsi, la Vierge de l'Enfer*, qui lui apprit le maniement du feu terrestre mais aussi des âmes. Aguaja pouvait influer sur l'esprit des gens en leur montrant leur propre mort, en capturant leurs plus grandes peurs. Ces nouveaux et si étranges pouvoirs demandaient néanmoins un grand sacrifice à la demoiselle, elle devait rester vierge, ne jamais connaître l'amour physique et se méfier même de ce sentiment. Toutes relations sexuelles lui auraient fait perdre ses dons particuliers et le sentiment les aurait altérés.

A l'adolescence, la jeune fille fut emmenée par un groupe de cinq femmes, d'âge et de physique différents, dans la forêt estonienne. Elle y découvrit les secrets des plantes, des minéraux, des animaux et principalement des oiseaux. Ces derniers étaient considérés comme les messagers entre les dieux et les humains. Pour sa part, Aguaja voyait en eux la liberté et le voyage. Très rapidement, les cinq formatrices la comparèrent à *Jutta, la reine des oiseaux*, fille du dieu suprême *Taara*. Un texte ancien, retrouvé par Mr Amfredi, raconte même qu'elle fut la seule humaine à pouvoir dompter *Sinilind, l'oiseau bleu magique*. Ce dernier, fidèle compagnon de la jeune femme, fut ses yeux scrutant les vastes étendues qui l'entouraient.

Lors de la dernière année de son éducation, elle fut accueillie au Panthéon estonien pour apprendre les secrets d'*Hämarik, la déesse du crépuscule*.

« De ces derniers, elle ne voulut rien me dire à ce stade de notre connaissance mutuelle. »

Aguaja avait une telle facilité à tout absorber, à tout développer que beaucoup, dans son peuple, voyait en elle la dernière déesse, l'ultime déesse… celle qui regroupait toutes les magies, toutes les connaissances, tous les pouvoirs.

C'est un peu en raison de l'étendue de ses dons que l'ambitieuse et solitaire jeune fille ne supporta pas d'être ainsi mise à l'écart du pouvoir et de subir la règle ancestrale, sa mère étant à la tête de son peuple depuis trois années déjà.

Impétueuse et arrogante, elle décida de bouleverser le schéma classique de la vie dans sa société. Elle partit alors à la découverte d'un continent étrange dont les seules images en sa possession provenaient de la discussion avec des tribus de marchands nomades et les guerriers vikings en conquête dans les terres lointaines.

Ces grands combattants aimaient raconter leurs exploits, leurs aventures à chacun de leurs passages. Aguaja fit notamment connaissance d'un jeune guerrier se dénommant Aelf Olajfsson. Ce dernier passa des heures à lui décrire les territoires qu'il traversait, il revenait souvent sur une drôle de montagne, les Pyrénées. Il semblait amoureux de ce territoire reculé où les gens paraissaient si braves.

Il y avait cependant connu des hommes étranges des Sarrazins, des Maures dont certains avaient la peau aussi noire que le cœur d'*Yngvi*. Aelf évoquait souvent ce dieu scandinave des meurtres, des cadavres et du sang. Il en avait une crainte réelle comme s'il partageait avec lui un terrible secret. Ces hommes « noirs » devaient donc être, à ses yeux, des créatures cruelles. Aelf lui raconta d'ailleurs des histoires terribles à leur sujet, des scènes de combats, des viols, tant d'événements inavouables. Aguaja comprit plus tard que la peur de son ami devant l'inconnu avait amplifié la cruauté de ces hommes et qu'il s'en servait pour masquer sa propre barbarie et celle de ses semblables. *La nature humaine veut cela.*

Quand Aguaja choisit de quitter son peuple et ses terres, elle était devenue une jeune femme d'une beauté envoûtante à faire pâlir *Jutta* elle-même.

Ses connaissances et ses pouvoirs, aussi puissants que mystérieux seraient le gage d'une certaine tranquillité, du moins le présumait-elle !

Son périple dans l'Europe toute entière dura près de deux ans mais son seul objectif était de rejoindre la tranquillité des hautes montagnes d'Aelf. Quand elle s'installa dans la région du Sègre, elle était âgée de 18 ans.

Durant son voyage, elle eut à affronter de multiples dangers mais elle en sortait à chaque fois plus puissante. Elle maîtrisait alors pleinement tous ses étranges pouvoirs.

Dès son arrivée sur ces terres peu courtisées, les quelques paysans présents comprirent qu'Aguaja était une personne à part. Ils ne la voyaient que très rarement et elle parlait peu. Seuls les plus jeunes étaient fascinés par son ensorcelante beauté.

L'un deux, un grand gaillard au teint halé, décida de la suivre jusqu'à son repère. Arrivée au bord du Sègre, il la vit s'enfoncer dans les eaux du fleuve. Sa surprise fut telle qu'il ne put retenir un cri strident. Aguaja se retourna alors vers lui et l'instant d'après elle semblait flotter au-dessus de cette eau noire et tumultueuse venant des gorges du Sègre, des gorges de l'Enfer.

Pris d'une compréhensible panique, le jeune homme n'avait qu'une envie : s'enfuir. Mais une force puissante et invisible le retenait. Ces yeux se tournèrent vers la belle qui leva la main dans sa direction.

Aguaja, d'un ton sévère, prit la parole.

- Que me veux-tu homme ?

- Je, je voulais savoir qui tu étais toi si belle, lui dit-il apeuré et à la fois réconforté d'entendre une voix étrange mais humaine.

- Que penses-tu donc faire de ma beauté, jeune prétentieux ?

- Rien dame, lui répondit-il stupéfait de voir qu'elle lisait dans ses pensées.

- Veux-tu arrêter de me mentir. Saches que ni toi ni tes amis n'êtes assez forts pour me prendre ma virginité !

Cette franchise et cette clairvoyance déconcerta le jeune homme qui supplia cette fée, ce démon, ce…, aucun mot ne pouvait la définir.

Notre jeune aventurier, traumatisé par ces derniers instants, se précipita vers le village. Cependant une peur tenace l'empêcha, durant plusieurs mois, de raconter son histoire. Mais dès que la nouvelle fut répandue, un conseil de soi-disant « sages » se réunit.

Le verdict, qui en ressortit, fut la mort pour l'impétueuse. Aguaja m'expliqua alors qu'on lui reprocha d'être une sorcière et d'avoir dévoyé nombre d'hommes lors des sabbats. Bien que l'Eglise catholique débuta sa sanglante répression deux siècles plus tard, elle avait déjà commencé ses actions envers de nombreuses pratiques païennes ou toutes formes de contestation surtout féminine. Dans les territoires reculés de l'Europe occidentale, les habitants furent plus facilement et rapidement opposés à toutes formes visibles de cultes autres que catholique ! Non pas qu'ils ne les pratiquaient pas eux-mêmes mais par un manque certain de culture et la peur de la toute puissante Eglise romaine.

« Je compris mieux, après tout cela, la réaction d'Aguaja lorsque j'ai évoqué ce sujet dans les sources d'eau chaude de Llo. »

La douce et calme jeune fille allait subir dès lors un profond changement dans sa vie somme toute assez paisible jusqu'ici !

Un premier groupe de villageois choisit de la brûler vive, unique solution pour purifier cette âme damnée.

Décidés mais peu réfléchis, ils accoururent vers Aguaja. D'abord surprise de voir tous ces hommes injuriant, vociférant des paroles insensées à son égard, elle prit la parole d'une voix pacifique.

- Que me voulez-vous ô peuple de cette contrée ?

La réponse, qui fusa de toute part, fut « *Ta mort sorcière, femme de Satan, chienne des Enfers.* »

Aguaja, choquée par ces mots, n'expliquait pas la réaction de ces gens. Elle comprit néanmoins qu'elle était due à l'attitude du jeune impétueux qui était venu la déranger quelques semaines plutôt. Sa magie s'était retournée contre elle et lui avait joué des tours dans le cas présent. La peur de l'inconnu, de l'irrationnel avait poussé le garçon à montrer Aguaja comme un suppôt de Satan pire même comme une femme indocile, sauvage, en un mot : libre. Pour une société, marquée par le pouvoir suprême des hommes, cela était un affront pire que la mort même.

Que pouvait-elle faire devant un tel ostracisme ?

Après une vaine et énième discussion, Aguaja décida d'employer la manière forte. Les hommes regroupés virent tous ses muscles se tendre, les mains ouvertes tournées vers le ciel, elle dit alors des mots dans une langue inconnue aux consonances graves.

Elle semblait aspirer les forces de la nature. Le ciel, alors ensoleillé, s'assombrit puis une brise fraîche et cinglante vint fouetter les arrogants villageois. Leur surprise fut grande mais rien ne leur laissait présager les minutes à venir.

Cette divinité se mit alors à tournoyer en entraînant les eaux du fleuve qui formèrent un véritable cyclone. Tous les hommes furent balayés par la force des intempéries mais aucun ne connut la mort. Aguaja pensait que la crainte et la peur seraient suffisantes pour la protéger de représailles futures.

Certes sa démonstration rebuta toutes nouvelles interventions des villageois mais elle incita de nombreux chevaliers prêts à combattre toutes forces éloignées de la sainte morale chrétienne.

Le premier à tenter l'aventure fut un jeune homme de dix-huit ans. Décidé à faire ses preuves, il était prêt à tout pour terrasser le Mal. Le bien nommé Tendrich d'Escuela arriva un jeudi au lever du soleil. Les premiers rayons qui pointaient firent briller sa brigandine argentée. Sa taille moyenne et sa stature fluette ne lui donnaient pas un aspect de conquérant cependant il semblait si fier en chevauchant sa monture à la robe blanche maculée de petites taches noires. Outre son armure, il portait un écu marqué d'une tête d'aigle d'un rouge vif et une épée finement ciselée. Aguaja le suivait des yeux sans qu'il s'en aperçoive. Voyant qu'il tournait en rond depuis plus d'une heure, elle intervint pensant qu'il était perdu.

- Alors, jeune homme, on ne retrouve pas son chemin !

La réponse du chevalier à ce ton taquin fut des plus cinglantes.

- Me prends-tu pour un benêt, toi la sauvage ?

- Comment oses-tu me parler sur ce ton importun personnage ? Ne saurais-tu pas à qui tu as à faire ?

Aguaja semblait vexée par l'attitude du chevalier.

- Voudrais-tu arrêter de me tutoyer, qui te le permet sorcière ?

- Que me veux-tu ? lui rétorqua-t-elle en accentuant le tutoiement.

- Je suis venu ici pour te châtier.

- Me châtier, jeune gringalet mais où sont donc tes hommes ? s'amusa-t-elle à lui répondre.

Elle souligna la nature grotesque de cette scène en regardant autour d'elle afin de voir s'il n'y avait pas signe de vie. Afin d'amplifier le caractère tragi-comique de la situation, elle mit ses mains en visière et scruta un long moment l'horizon, fronçant même les sourcils pour explorer du regard les parties les plus impénétrables de la forêt.

Elle arrêta ce petit manége et poussa un profond soupir, non pas de soulagement mais de forte moquerie. Fort déconcerté par tant de hardiesse, notre trublion mit quelques instants avant de répondre.

- Ta vie ne compterait-elle pas pour oser me défier de la sorte ? dit-il ragaillardi par l'approche de la bataille.

Aguaja

- Ma vie n'étant pas encore en jeu, je peux donc te parler comme bon me semble, lança-t-elle impertinente.

Trouvant que ces palabres avaient assez duré, le chevalier sortit l'épée de son fourreau. Aguaja resta immobile devant ce mouvement, pire elle s'en amusait. Le jeune chevalier ne se soucia guère de cette réaction, il leva son épée avant de se lancer en direction de cette « sorcière ». Arrivée à sa hauteur, il fléchit légèrement sur ses deux jambes et frappa. La force de son coup lui avait fait fermer les yeux. Quand il les rouvrit, son adversaire avait disparu. Stupéfait, il ne bougea pas mais entendit, derrière lui, une voix douce et sarcastique.

- Joli coup, peu efficace mais joli quand même.
- Comment as-tu fait ? demanda-t-il éperdu.
- Je t'avais prévenu, tout nous sépare. Je suis une femme et toi… qu'un homme !

Cette insolente provocation finit par désorienter ce « néophyte de chevalier » comme elle le nomme aujourd'hui. N'ayant plus les moyens de combattre, il partit en hurlant sa terreur.

Suite à son aventure, on dit qu'il s'enfuit dans les royaumes d'Orient et, traumatisé, n'osa plus jamais approcher une femme.

De nombreuses autres actions furent tentées mais aucune n'aboutit. Les raconter toutes serait inutile car elles étaient souvent semblables tant dans l'approche que dans le dénouement. Certaines ont cependant retenu mon attention par leurs aspects singuliers.

La première se déroula un lundi de juin de l'an 934. Aguaja vit venir un homme étrange. Sa stature impressionnante, près d'1m90, était rare dans le royaume. Outre sa taille, c'est la couleur mâte de sa peau qui surprit le plus la jeune femme. Elle fut d'abord effrayée car ce personnage lui rappelait les hommes sanguinaires dont Aelf lui avait conté si souvent les aventures.

A l'opposé des chevaliers, il ne portait pas d'armure. Sa tenue, des plus rudimentaires, comprenait un pantalon large d'un rouge sanguinolent et une chemise, ocre, déchirée. Cette chemise, qui lui collait à la peau, laissait apparaître une impressionnante musculature qu'elle compara à celle d'un taureau de combat. Aguaja contempla cet homme comme on le fait devant une œuvre d'art.

« *Lui, au moins, ne me voudra aucun mal* », pensa-t-elle.

Elle comprit plus tard que le but de ce voyage ne différait en rien de celui des autres.

- Où es-tu fille de la nuit ? cria-t-il dans l'apparente tranquillité de la journée.

- Ici étranger, lui répondit-elle encore confiante.

- Montre-toi misère, as-tu donc peur ? dit-il en regardant autour de lui.

- Me voilà, lui susurra-t-elle alors à l'oreille.

Surpris, l'étranger sursauta. Personne n'avait encore réussi à déjouer sa vigilance, mais elle, une fille qui plus est, l'avait fait. Il se retourna avec promptitude et la prit violemment par le bras.

- Veux-tu me lâcher ? lui lança-t-elle.

- Pour que tu me transformes en quelque animal mystérieux, rétorqua-t-il sûr de ses vérités.

- Tu crois donc en ces sornettes. Je te surestimais alors, dit-elle peinée par ce manque de compréhension.

- J'en ai vu des filles comme toi et tu peux me croire, je ne te ferai pas confiance, dit-il assuré.

- Tu viens donc aussi pour me défier, me tuer, me...

Il lui coupa la parole.

- J'ai fait le serment d'aider les gens terrorisés et je suis ici pour tenir ma parole.

- Moi, je les terrorise, dit-elle indignée, mais ce sont eux qui me persécutent depuis toutes ces années.

- Arrête de pleurnicher et prépare-toi à faire tes adieux à cette terre, cria-t-il alors.

Se souvenant des histoires racontées par sa mère, Aguaja fit apparaître le feu au creux de ses mains. La sûreté apparente de l'homme a tout à coup disparu pour laisser place au plus profond des doutes.

« *Aucun humain ne pouvait ainsi jouer avec le feu.* »

- Que me veux-tu déesse ? interrogea-t-il d'une voix hésitante.

- Tu me prends pour une déesse maintenant. Je te croyais vraiment plus subtil étranger, lança-t-elle ironiquement.

- Seuls les Dieux peuvent jouer ainsi avec le feu, expliqua-t-il sûr une nouvelle fois d'une telle vérité.

- Soit, considère-moi comme une déesse, dit-elle enjouée. Mais si telle est la vérité, tu n'aurais que le choix de fuir.

- Jamais je ne fuirais, répliqua le guerrier touché dans son amour propre.

Un grand respect naquit devant cette preuve d'honneur et de bravoure.

- Alors prépare-toi à combattre et à mourir, soupira-t-elle.

L'étranger prit son arme, un grand sabre fin à la garde sertie de pierres précieuses, et sauta vers Aguaja. Prompte, elle esquiva ce coup sans la moindre difficulté. Au lieu de répliquer, ce qui lui aurait été facile, elle préféra narguer un peu plus son adversaire. Le déshonneur valait mieux que la mort, pensa-t-elle.

Elle s'assit alors sur le tronc d'un arbre fraîchement coupé et se mit à chanter. Cette attitude exaspéra son « *Grand noir* ».

- Que veux-tu faire de moi ? harangua-t-il désespéré.

Elle ne répondit pas, semblant ignorer cette menace latente. La seule réponse perceptible fut son regard glacial qui transperça celui du guerrier. Avant tout nouveau mouvement ou toute nouvelle parole il partit en courant vers son cheval.

La sérénité affichée avait laissé place à de nombreuses émotions dont la peur. Le plus remarquable témoignage de cette profonde crainte fut les gouttelettes de sueur qui perlaient sur ce visage dorénavant figé.

Au moment d'enfourcher sa monture, il s'aperçut que cette sorcière y avait pris place. Eperdu, il s'enfuit à travers bois en sursautant devant chaque animal croisant malencontreusement sa route. Ce lapin ou ce cerf pouvaient être la déesse.

Au terme de sa course folle, il décida de mettre fin à ses jours. Dorénavant sa vie n'était que déshonneur. Il prit alors son sabre et sans la moindre crainte, il s'égorgea.

La légende dit qu'un jeune paysan aurait retrouvé le corps. Même emporté par la mort, l'homme semblait toujours tourmenté. Ses yeux exorbités et épouvantés fixaient le lointain.

A l'emplacement de cette tragédie, jaillit une fontaine aux eaux bouillonnantes et d'un rouge teinté de noir comme le sang de ce guerrier. Située proche de Font-Romeu, elle fut redécouverte par un taureau qui grattait furieusement le sol en poussant de si étranges beuglements. Son bouvier intrigué vint vers la bête et découvrit une statue de la Vierge placée dans une anfractuosité de la roche. Le visage de cette statue n'est pas s'en rappeler celui de la Vierge noire, c'est-à-dire celui d'Aguaja.

De nos jours, la fontaine miraculeuse est abritée par l'ermitage de Font-Romeu qui possède également un autel aux panneaux peints faisant référence à d'autres aventures d'Aguaja. On y découvre deux médaillons représentant pour les chrétiens « La présentation au temple » et « La fuite en Egypte » mais qui correspondent en vérité à la fuite du jeune chevalier pour le second. Quand au premier des médaillons, il est dû à l'événement qui suit.

L'épisode du Maure rebuta un temps de nouveaux assaillants. Seuls quelques téméraires cherchant la reconnaissance se lancèrent dans l'aventure avec comme résultat : l'échec.

Un noble décida néanmoins d'entrer dans le combat. Se servant de ses nombreuses relations, il fit appeler une jeune romaine. Cette fille possédait, selon ses dires, d'énormes pouvoirs aussi mystérieux que dangereux. Ses dons lui viendraient de sa mère, une prêtresse du temple proscrit d'Athéna.

Le noble et la jeune femme arrivèrent encadrés par une garde armée composée de douze hommes. Aguaja comprit qu'une nouvelle fois, on allait essayer d'attenter à sa vie. Sa seule surprise fut la présence de la jeune fille au milieu de tous ces rustres. Celle-ci était vêtue d'une robe couleur paille et paraissait triste, très triste.

Aguaja pensa que sa présence serait un gage de non violence. Avant chaque confrontation, elle recherchait le côté positif, elle gardait confiance en la nature humaine même si elle s'en méfiait.

Le premier à parler fut le noble. Il se distinguait des autres hommes par sa tenue flamboyante aux couleurs or et rouge.

- Dame de la rivière, viens à nous, supplia-t-il.

Aguaja surprise par ce ton pacifique ne tarda pas à apparaître.

- Que me veux-tu gentilhomme, répondit-elle sur le même ton.

- Je suis ici pour te proposer un marché, lança-t-il.

- De quel genre de marché veux-tu m'entretenir, demanda-t-elle sur ses gardes.

- Voilà, comme tu l'as certainement compris, ta présence dans cette région est peu souhaitée…

- En aucune façon je ne traiterais avec toi de mon départ, coupa-t-elle. Je suis ici chez moi et ni toi, ni personne ne pourra me faire partir.

- Si tu le prends sur ce ton, il ne me reste plus qu'à te défier, dit le noble excédé.

- Si telle est ta volonté, persifla-t-elle, je suis tout à toi.

- Oh non ma fille, ce n'est pas à moi que tu auras à faire mais à cette jeune femme à mes côtés. Quel combat inégal, lança-t-il moqueur…

Aguaja ne l'écoutait déjà plus. Elle fixait son adversaire. Qu'avait-elle de dangereux ? Elle paraissait si faible. L'une des paroles de l'homme la fit revenir à la réalité.

- … cette femme est la fille d'un ancien Dieu romain et d'une prêtresse d'un temple interdit. Cela lui procure une force que tu n'imagines pas sans doute…

Aguaja quitta de nouveau ces palabres pour mieux observer la jeune femme et en découvrir les secrets. Elle percevait très nettement que son adversaire dégageait une aura peu commune.

Elle sentait, à l'opposé de ses premières impressions, que la lutte future serait la plus rude de toutes celles déjà menées.

- Si je dois te combattre, j'aimerais connaître ton prénom !

Aguaja parla directement à la jeune fille, qui lui répondit intimidée, en faisant abstraction du noble.

- Je me nomme Elia. Je suis la fille de l'une des plus grandes prêtresses de la vierge Athéna, je suis un peu de son sang d'ailleurs. J'ai héritée de nombreux pouvoirs, dame la Rivière, dont ceux de la Sagesse et de la force pour la faire respecter.

- Enchantée de te connaître Elia, que t'a fait cet homme pour t'amener à combattre une amie ? lança Aguaja avec une grande intensité.

- Je ne peux…

La jeune fille fut interrompue avec une grande virulence par le noble excédé.

- Cesse donc de la distraire dame la mort. Et toi jeune romaine tiens la promesse que tu m'as faite !

Aguaja sentit que le combat devenait inévitable. Tous ses sens aux aguets, elle se préparait à répondre aux premières attaques.

La romaine leva la main droite, haut vers le ciel, et sembla y absorber une énergie toute puissante. Elle referma le poing et le dirigea vers Aguaja imperturbable. Elle avança alors et ouvrit le poing en laissant jaillir une force dévastatrice bien qu'invisible. Les hommes proches ressentirent les ondes de ce coup fatal ! Le noble jubilait déjà à l'idée d'une victoire si aisée.

Mais, il n'en fut rien. Aguaja était toujours debout devant la romaine surprise. Elle montra à son tour son poing, l'ouvrit doucement et un feu digne de l'Enfer en sortit.

La jeune romaine se mit à genoux et implora les Dieux. Un éclair vint zébrer le ciel d'un bleu azur. Elia se releva réconfortée de cette présence divine.

Elle entra alors dans une transe qui fit trembler tout son corps. Autour d'elle se dessinait un halo d'une lumière intense. Aguaja contemplait ce spectacle irréel. Elle n'y ressentait aucun danger. Au contraire, cette source cosmique lui semblait bénéfique.

Ses sensations furent justifiées par la voix qui se fit entendre par la bouche de la jeune fille.

- Aguaja, fille des peuples du Nord, je sais que tu es pacifique et pure mais comprend que ces hommes ne voient en toi que ce qu'ils appellent… *pouvoirs*. La peur les entraîne dans la bataille, rien ni personne ne pourra les changer. Pour ma part, je ne te ferais aucun mal, ma prêtresse non plus d'ailleurs. Va en paix fille de l'eau, que les Dieux te protégent. Un jour, je sais que tu trouveras l'écoute. Un être te comprendra et t'acceptera. Il ressentira au plus profond de lui l'essence même de l'humanité. Tu devras le guider dans la spiritualité et l'amitié primales, celles que peu d'hommes ont connues, connaissent et connaîtront. Son pouvoir sera fort mais incontrôlé comme le tien aujourd'hui. Son pouvoir ne sera pas magique mais seulement humain par le cœur et par l'esprit. La plus grande des forces réside dans l'acceptation de ce pouvoir.

Durant cette intervention divine, personne n'eut la force d'intervenir, après non plus d'ailleurs. Le noble, accompagné de ses hommes et de la jeune fille, partit précipitamment.

Il décida de retranscrire son histoire dans un ouvrage que Mr Amfredi retrouva dans un ancien monastère bénédictin. Intitulé, « *L'interdit des Dieux* », il retrace avec grande précision toutes les sensations de cette journée si particulière. Une partie du vieux manuscrit relatait ce moment précis où une voix descendit des cieux par la bouche de la jeune romaine pour donner sa faveur à Aguaja. Comme beaucoup d'autres écrits apportant des réponses sur l'humanité, il fut caché aux yeux de tous. Il faut des découvreurs comme Amfredi pour que la vérité ressorte un jour ou l'autre !

L'ultime aventure se déroula lors d'une belle journée automnale. Les arbres, qui avaient déjà perdu la majorité de leurs feuillages, donnaient une image bien morne de la région. Comme chaque année à cette période, Aguaja ressentait pleinement la solitude.

La monotonie de ses journées passées fut interrompue par l'arrivée d'un jeune cavalier dont la silhouette lui était familière. Cette venue inattendue lui donna un véritable coup de fouet. Pour la première fois depuis de longues années, elle voyait une personne amicale, un être proche. Elle se précipita à sa rencontre et dès qu'il l'aperçut, l'homme posa pieds à terre et prit la parole.

- Aguaja, jeune espiègle, sais-tu que tu m'as fait courir.

- Zénos ne serais-tu ici que pour me faire des reproches ?

Tout en disant cette phrase, elle s'approcha de son ami et le prit par la main. Ils s'embrassèrent, vraiment heureux de se voir, le temps sembla s'arrêter sur ce moment de retrouvailles. Mais la réalité reprit rapidement le contrôle du temps laissant place à un long échange.

- Jeune princesse, peux-tu me parler de tous ces combats que tu as menés ? lui demanda Zénos d'un ton rappelant la réprimande d'un père à une fille.

- Que veux-tu que je te dise, à part que les hommes n'acceptent pas mon insoumission !

- Sais-tu que ton comportement a eu des répercussions sur notre pays ?

- Que vous est-il arrivé ? questionna-t-elle soucieuse et effrayée.

- Rien de grave, rassure-toi petit enfant, je suis cependant ici pour éviter que les choses n'aillent trop loin.

- Veux-tu me dire que tu viens aussi pour me combattre Zénos ?

- Non, pas pour te combattre, mais seulement pour te protéger.

- Vois-tu une différence ? répliqua-t-elle avec arrogance.

- J'en vois une Aguaja. Je ne suis pas ici pour te tuer mais seulement pour t'empêcher de vivre… à cette époque.

- Vas-tu me jeter un sort ? rétorqua-t-elle difficilement, des sanglots dans la voix.

- Tu connais aussi bien que moi les règles, voire mieux d'ailleurs.

- C'est ma mère qui t'a envoyé ?

- Elle-même, à la fois pour te sauver et nous sauver.

- Me sauver mais… de quoi ?

- D'une mort prochaine Aguaja, d'une mort prochaine.

- Qu'avez-vous donc décidé ?

- Tu devras vivre en exil dans les eaux du Sègre jusqu'au jour où un homme te délivrera.

- Combien de temps resterais-je ?

- Seul l'avenir te le dira, soupira-t-il

- Si telle est la volonté de mon peuple, fait de moi une martyre de l'ignorance des hommes, dit-elle attendrissante.

- Tes mots ne me font pas peur petite sœur. Prépare-toi à subir ta sentence.

Le jeune homme prit un petit sac et en retira une fiole qu'il ouvrit et qu'il passa sous le nez d'Aguaja. La jeune princesse se sentit partir dans un sommeil des plus profonds.

Avant qu'elle ne tombe, Zénos, alerte, la prit délicatement et l'allongea sur le sol dur et sec. Il oint alors ce corps inerte d'un produit incolore contenu dans un flacon d'un bleu intense. Puis il orna la jeune femme d'un collier de pierres sacrées afin de l'accompagner dans son long voyage et de lui permettre de connaître le bien-être. Pour la rendre invisible aux yeux des gens, il la coiffa du *Küütest kübar, le Chapeau de clous*. Il lui noua enfin trois ceintures à la grande portée symbolique et aux grands pouvoirs, les *Kirivöö*. L'une était de couleur rouge, attachée à son poignet qui lui apporterait force et protection ; la seconde, de couleur verte, lui fut nouée autour de la taille afin qu'elle connaisse la paix durant son voyage dans les eaux tumultueuses du Sègre ; la dernière, nommée *Ceinture d'étoiles*, fut attachée à sa cheville et sera gage de stabilité.

Une fois cette préparation terminée, Zénos prononça quelques mots dans un dialecte secret et souleva délicatement Aguaja pour l'emmener à la rivière.

Une fois sur la berge, il pénétra lentement dans le fleuve. Après quelques pas dans une eau glacée, il posa Aguaja dans le bateau mythique des Estoniens, le *Valge laev*. Ce *Vaisseau blanc* s'enfonça inexorablement dans le Sègre et emporta la jeune femme vers son futur, sa destinée.

Dès son acte accomplit, Zénos ressortit précipitamment de l'eau, enfourcha sa monture et galopa jusqu'à son pays. Les personnes, qui le croisèrent, remarquèrent le malheur sur son visage. La froideur de l'acte avait remplacé la peine.

La première vie d'Aguaja se termina comme elle avait commencé. Ce peuple, qui l'avait vue naître, lui avait donné une première mort.

Livre Quatrième

La renaissance

Aguaja

La vallée du Sègre connut de nombreuses modifications au fil du temps dont la plus importante fut le développement de la petite bourgade de Saillagouse.

Aguaja y resta emprisonnée durant onze siècles, son sortilège n'ayant jamais pu être rompu. Personne, d'ailleurs, ne connaissait l'existence d'un tel trésor.

Sa renaissance, sa délivrance, eut lieu un jeudi d'automne. La saison, qui avait vu sa disparition, fut celle qui accueillit son réveil. Monsieur Amfredi, après l'étude poussée de nombreuses sources littéraires, chercha les moindres indices dans la région de Saillagouse. Il repéra au terme de trois années de travail acharné l'emplacement où Zéno avait laissé reposer Aguaja.

Un nouveau problème se posait à lui. Comment devait-il procéder pour sortir la jeune déesse de son sommeil artificiel ? Il se mit à la recherche de ses descendants, en espérant trouver des réponses. Ses investigations l'entraînèrent dans un petit état du nord de l'Europe, l'Estonie.

Une fois son voyage terminé, il prit contact avec une ancienne tribu dirigée, aujourd'hui encore, par des femmes. Il touchait enfin au but et allait pouvoir entrer en contact avec les "Libérateurs". Ses espoirs et ses heures de recherches, souvent infructueuses, allaient être récompensés.

Il obtint l'aide d'une jeune et jolie traductrice russe pour communiquer avec les ancêtres d'Aguaja. L'histoire de la jeune princesse avait été conservée depuis des siècles. Son peuple attendait la venue d'un homme qui aurait retrouvé sa trace ! Ces descendants ne furent donc ni surpris du récit d'Amfredi ni de sa demande si particulière. Il voulait rompre le sortilège et eux savaient comment faire. Un livre sacré, écrit de la main même de la mère d'Aguaja, expliquait pas à pas ce qu'il fallait faire pour redonner vie à sa fille. En premier lieu, ce "sauveur" devait apprendre une formule dans la langue des anciens. Il y apprit aussi l'existence d'une fiole contenant le liquide de la vie, un mélange mystérieux tenu secret. La souveraine actuelle détenait ce précieux sésame qui avait traversé, lui aussi, les siècles contre vents et marées.

Fort de ses connaissances nouvelles, Amfredi repartit alors précipitamment pour Saillagouse afin de terminer l'œuvre de sa vie.

A son retour sa femme lui posa mille questions qu'il laissa sans réponse. Cela était surprenant, il ne lui avait jamais rien caché avant. Une semaine se passa sans qu'il fasse la moindre chose. Il semblait à la fois anxieux et impatient. Sa délivrance et celle de sa jeune « princesse » arrivèrent un samedi. Un petit vent frais empêchait la sortie matinale de nombreux habitants. Grâce à l'aide de la nature, Monsieur Amfredi allait pouvoir terminer tranquillement son devoir, son œuvre.

Il s'approcha du Sègre jusqu'à un endroit où la terre semblait s'enfoncer dans les eaux. Sans crainte, il pénétra dans l'eau noire et glaciale. Arrivé près d'un trou, réputé mortel dans la région, il ouvrit un petit sac de toile marron et en ressortit une fiole presque identique à celle utilisée par Zéno quelques siècles plus tôt. Il enleva le bouchon de liège, qui obstruait le goulot, et versa trois gouttes de la décoction en formant un triangle. Il rangea la fiole et tendit ses mains vers le ciel.

Après une longue respiration, il prononça, dans ce dialecte utilisé par Zénos, les mots suivants : « *fille de l'eau, enfant de la reine, lève-toi. Que ce maléfice qui t'a donné la paix s'efface. Viens à moi ton père protecteur. Fait confiance en nos hommes, sert mon peuple ô douce fille.* »

Dès la fin de son incantation, l'eau calme du Sègre commença à s'agiter. Un petit tourbillon se forma et sortit délicatement Aguaja des profondeurs. Quand elle fut déposée sur la rive par son sauveur, quelques arbres se mirent à bouger et à recouvrir un espace nu depuis… l'éternité ! Comme le voulait une ancienne légende estonienne, la forêt avait quitté les lieux marqués par la cruauté des gens envers Aguaja. Les actes d'Amfredi avaient redonné sa place à la forêt. La magie continuait à opérer…

La jeune femme était encore endormie quand il l'emmena dans sa demeure. Sa femme ôta délicatement la coiffe, le collier, les trois ceintures et la robe d'un rouge cramoisi de la toujours jeune femme. Avant de la coucher, elle décida de la laver. Aguaja, inerte, semblait ne s'apercevoir de rien.

Son mari était fort inquiet de ce manque de réaction. Elle, pour sa part, était sous le charme de cette jeune femme, de cet « enfant » qu'elle n'avait jamais eu. Ils restèrent toute la nuit à la veiller, comme un trésor, le plus beau des trésors.

Sur le matin, les deux époux s'endormirent respectivement sur des fauteuils placés près du lit. Aguaja se réveilla peu de temps après et fut d'abord surprise par l'endroit où elle se trouvait. Puis rapidement, elle comprit que son sortilège avait enfin été levé. Lentement elle observa les lieux. Elle se trouvait dans une grande pièce aux teintes bleutées, habillée et décorée par des tableaux aux scènes aquatiques. Les meubles étaient peu nombreux, seule une grande armoire en bois clair semblait remplir l'espace.

Elle remarqua immédiatement la présence des deux fauteuils occupés. Voir ces gens endormis, là tout proches d'elle, la rassura. Les hommes de cette époque étaient peut-être plus compréhensifs. Mais d'ailleurs, à quelle époque se trouvait-elle ? Voilà l'une des multiples interrogations qui emplissaient son esprit. Elle n'osa pas bouger par peur de réveiller ces deux êtres probablement exténués par les heures passées à la veiller. Ils étaient vêtus de tenues étranges, loin des classiques de son époque. Leurs habits comme leur façon d'être reflétaient la simplicité, l'harmonie.

Les deux inconnus s'éveillèrent autour de midi, confus de s'être assoupis. Leur première réaction fut de regarder vers le lit. Leur surprise, de voir Aguaja réveillée et le regard vif, fut telle qu'ils ne purent dire un mot. Après quelques minutes d'observation mutuelle, madame Amfredi, poussée par son instinct maternel, prit la parole.

- Vous sentez-vous bien jeune fille ?

Aguaja regarda son interlocutrice, elle ne comprenait que très vaguement le sens de ses mots. La langue de la région avait tellement changé. Ses dons et ses capacités intellectuels lui furent d'un grand secours et, en quelques phrases, elle s'adapta à ce nouveau langage. Les époux Amfredi étaient ébahis devant cette facilité à apprendre. Une discussion fut alors amorcée. Une nouvelle fois, Madame Amfredi prit la parole en premier.

- Vous avez peut-être faim et soif, lui demanda-t-elle, soucieuse du bien être de son hôte.

Aguaja d'une voix cristalline et envoûtante leur dit qu'avant toute autre chose, elle souhaitait les remercier et savoir comment elle était revenue à la vie terrestre. Pendant tout cet échange, Monsieur

Amfredi resta paralysé, incapable d'émettre le moindre son. Son attitude fit rire les deux femmes.

Madame Amfredi laissa, quelques instants, son mari en compagnie d'Aguaja. Quand elle revint à la chambre, elle retrouva les deux occupants dans la même situation qu'à son départ. Son mari était toujours ébahi et la belle mystérieuse toujours hilare. A la vue de son hôtesse, Aguaja lui fit un sourire attendrissant. Un lien étroit semblait déjà se tisser entre elles.

Il fallut plus de trois jours pour que Monsieur Amfredi se décide enfin à parler à Aguaja. Durant tout ce temps, il écouta l'interminable discussion entre les deux femmes. Quand l'usage de la parole lui revint, il posa mille questions à Aguaja. Et bien que la plupart de ses interrogations avaient déjà reçu une réponse, la jeune femme ne se faisait pas prier pour recommencer le récit de son histoire, de ses aventures. Elle semblait tellement heureuse que celui qui allait devenir son « père » puisse enfin lui parler. La nouvelle famille vécut durant plus d'une semaine en totale autarcie.

Cette période terminée, les époux Amfredi décidèrent d'intégrer Aguaja dans leur monde. Leur première action fut de régulariser son existence. Ce fut chose faite par l'intermédiaire du préfet, grand ami du couple. Aguaja devint officiellement leur fille légale. Une fois ces démarches administratives terminées, ils prirent la décision commune de la présenter à leurs amis les plus proches ainsi qu'aux habitants de Saillagouse.

Ils expliquèrent son absence prolongée par des études dans plusieurs pays (Etats-Unis, Brésil, Espagne et Russie). Cette existence hors du territoire français expliquait ce léger accent qui caractérisait Aguaja ou plutôt Cassandre, car tel était maintenant son prénom officiel. Son intégration dans le village fut facilitée par sa gentillesse et sa serviabilité.

Et quelques années plus tard, quand elle se présenta aux élections municipales, les habitants n'eurent aucune réticence bien au contraire à donner le pouvoir à cette femme.

La mort tragique de sa mère puis celle de son père accentuèrent un peu plus le lien de Cassandre avec ses administrés. Madame Amfredi avait été percutée par un automobiliste ivre mort. Sa voiture, après avoir dérapé, s'encastra dans un rocher surnommé « *dame la mort* ». Ce nom, si souvent utilisé par les chevaliers, rappela à Aguaja l'arrogance des hommes envers sa personne. Elle vit dans ce dramatique accident un signe du destin.

A cet instant, elle pensait ne pouvoir jamais partager son secret avec un autre être que ses parents. Il lui fallait trouver cet autre mais sans le chercher, une fois encore elle croyait à sa destinée !

Jusqu'à sa mort, monsieur Amfredi se consacra à l'écriture de son ouvrage en espérant qu'une personne puisse capter toute sa substance et venir à la rencontre de sa fille.   Par   notre   rencontre,   son vœu fut exhaussé.

Pour moi, le seul regret fut de ne pas le connaître mais sans cette mort aurais-je été le voir ou plutôt les voir ?

Cassandre, ne croyait pas au suicide de son père, la décoction utilisée, fort ancienne, étant un mélange d'argent,   d'almandin   et   de   quelques   plantes sauvages. Elle soupçonnait un empoisonnement ! Persuadée d'être la raison de ces deux tragédies, elle eut crainte pour ma vie.

J'essayais de la rassurer en la détournant de ses sordides idées. Pour ce faire, j'insistais pour qu'elle me suive à Orléans, près d'un autre et noble cours d'eau, La Loire. Je devais y retourner pour poursuivre mes études mais, dans le même temps, je ne pouvais concevoir le fait de la laisser seule à Saillagouse.

Elle me demanda quelques jours de réflexion. C'était, et je le comprenais bien, une chose délicate que de quitter ainsi tout un si long passé. Après trois jours   d'intense   méditation,   elle   accepta   ma proposition. Cependant elle devait rester encore sur place pour expliquer sa décision à ses amis, ses administrés et également pour mettre en place la passation des pouvoirs au sein de la mairie. Une nouvelle page de sa vie allait se tourner…

Je la quittai donc à regret mais avec la certitude de la revoir très bientôt et de l'avoir avec moi, pour moi. Notre séparation dura près d'un mois. Lors de nos retrouvailles, elle me raconta cette délicate période et ce déchirement d'être à nouveau déracinée de ce qui fut son deuxième pays, sa seconde vie.

Les habitants furent également déçus de perdre leur maire, leur amie mais comprirent son désir de partir. Je lui promis de retourner avec elle à Saillagouse dès que le besoin s'en ferait sentir. Elle ne devait pas couper les ponts avec son passé.

Au terme de deux semaines, elle entreprit des démarches pour travailler, pour s'occuper car j'étais de mon côté très pris par mes recherches sur les légendes celtes. Je lui proposais donc de l'emmener à la librairie où elle fut accueillie avec gentillesse et plaisir par la libraire qui accepta de la prendre avec elle. Cassandre profita d'ailleurs de cet emploi pour m'aider dans mes propres recherches en consultant de multiples ouvrages et en m'apportant sa grande connaissance sur des sujets si mystérieux. Elle fut, pour moi, cette petite voix qui me soutint pour réaliser ce travail avec une telle patience que je ne comprenais toujours pas cette lointaine malveillance des gens à son égard.

Après trois mois en commun, elle se décida qu'il était temps de m'initier à ses mystérieux pouvoirs. Nos discussions interminables et denses confortèrent un peu plus son opinion à mon sujet. Elle m'aimait, me comprenait car j'étais, comme elle. Nous étions deux êtres sensibles, convaincus de la pureté de l'âme et apprécions être ensemble à chaque instant. La banalité est belle quand elle est partagée. D'avoir trouvé cette âme sœur fut pour moi aussi une libération.

Mais revenons à son enseignement qui impliquait une confiance mutuelle sans faille. Pour éviter tout relâchement de ma part, elle me fit passer une série d'épreuves souvent étranges parfois éprouvantes.

La première se basait sur ma confiance en elle. Elle fit jaillir le feu de ses mains. Les flammes me léchèrent le visage. Je suis resté fixe durant tout cet épisode, je savais qu'elle ne pouvait me brûler alors même que je ressentais la chaleur. Mon immobilité ne trahissait donc pas la peur mais la quiétude. En temps ordinaire, je n'aurai pu approcher ces flammes mais là, tout était différent. Je pensais sincèrement qu'Aguaja, mon amie, ne pouvait ni me vouloir ni me faire du mal.

Cette première épreuve fut semble-t-il réussie car elle m'invita rapidement à une seconde.

Elle prit alors ma jeune chienne et la plaça sur une route à un mètre d'elle environ. Je vis alors une voiture fondre sur mes deux amies. Sans hésitation, je sautais sur ma chienne figée pour l'éloigner de ce tragique destin. Aguaja parut satisfaite et me félicita pour mon intervention. Elle m'expliqua, plus tard, que le succès à ce nouveau test était la preuve que je pouvais dans l'instant faire la part des choses et venir en aide à l'être le plus fragile, le plus en danger.

Pour la troisième épreuve, elle m'emmena, une nuit de pleine lune, au cœur de la forêt domaniale d'Orléans. Une fois sur place, elle disparut rapidement. Je me retrouvais seul sans savoir ce qui allait m'arriver.

Un bruissement me mit en alerte, quelqu'un, quelque chose approchait. La nuit ne me faisait pas peur, le noir non plus mais j'avais un drôle de sentiment ; un danger me guettait. Je vis alors deux yeux d'une extrême brillance percés au travers des arbres. Le reste du corps semblait se confondre avec la nuit. Cette chose se rapprochait de moi, elle dégageait une odeur forte de chien mouillé. Je fus un instant soulagé par mon odorat. Ce n'était donc qu'un chien, je n'avais rien à craindre... Le grognement, qui suivit, ébranla cette certitude car aucun animal terrestre ne pouvait émettre un tel bruit, mélange d'hurlement animal et de voix humaine. Un grand frisson traversa mon corps, je savais qui ou plutôt quoi j'allais devoir affronter. Mes lectures passées m'avaient tellement fournies d'éléments sur ces bêtes mi homme – mi animal qu'il n'y avait plus de doute... j'étais en contact avec un loup-garou.

Au souvenir des nombreux récits d'Aguaja, cela ne me surprenait même pas mais la peur m'envahissait car jamais elle n'avait évoqué cet animal légendaire.

Que devais-je faire ?

Pouvais-je fuir ?

Devais-je le combattre ?

Etait-il un ami ?

Mille questions se bousculèrent en quelques secondes et je ne pouvais pas bouger, j'étais comme tétanisé.

L'animal continuait à se rapprocher lentement, il se trouvait dorénavant à quelques mètres de moi, il était imposant avec son épaisse toison fauve. Ne pouvant pas m'enfuir, ne pouvant pas le combattre non plus, je réfléchissais au moyen de me défendre.

Devais-je m'agenouiller en signe d'obéissance ? Non, les récits d'Aguaja me faisaient dire que non. Jamais il ne fallait baisser la tête, nul ne pouvait et ne devait devenir ton maître. Voilà, j'avais trouvé l'unique solution, elle était simple, évidente ! Il me fallait être moi, ni maître ni esclave mais libre. Je pris alors la parole d'une voix forte, sure et décidée :

- Toi devant, je ne connais pas ton nom, je ne sais même pas si tu me comprends mais tu dois savoir que je ne combattrais pas, je ne fuirais pas non plus d'ailleurs. La forêt n'est ni à toi ni à moi, nous pouvons y vivre ensemble, en harmonie sans nous combattre. Je ne te dis pas cela par lâcheté mais par simple conviction.

Sur ces paroles, Aguaja réapparut au côté de la bête. Elle lui caressa délicatement la tête faisant jaillir un petit cri de contentement. Après avoir regardé mon amie fixement, le loup-garou disparut dans la nuit noire.

Aguaja m'invita d'un geste à m'approcher d'elle avant de prendre la parole.

- Erick, tu as fait preuve d'un grand courage car rares sont les personnes qui osent fixer et parler à *Libahunt*.

- *Libahunt* ?

- Oui *Libahunt*, le loup-garou légendaire de mon pays natal. Tu sais Erick, même s'il chasse les êtres humains, il n'est pas mauvais au fond. D'ailleurs, il ne tue jamais au hasard, ses seules proies sont les hommes arrogants qui ne cherchent qu'à le chasser. Il a beaucoup de clémence même pour les peureux qui fuient son aspect.

- Avant de te connaître, j'aurai certainement fui aussi, mais tu m'as donné du courage…

- Es-tu certain de cela ? Je crois plutôt que tu n'aurais pas fui. Comment peux-tu dire ce que tu ferais confronté à une situation nouvelle avant de l'avoir connue ? Entends bien mes dernières paroles car elles sont la plus grande leçon de cette épreuve. Elles sont plus importantes que tu ne peux le penser !

J'avais donc réussi une fois de plus, surpris moi-même de mes propres réactions et de ce courage que je ne me soupçonnais pas.

Aguaja m'invita alors à passer la quatrième et dernière épreuve qui fut sans doute la plus pénible. Elle m'y prépara en me nouant la ceinture d'étoile à la cheville droite et en me passant un drôle de collier autour du cou, puis elle me fit avaler une substance au goût amer. Après quelques secondes, je sentis mon corps fourmiller, ma vue se troubler et plus aucun bruit ne me parvint.

J'eus par la suite d'étranges visions plus brutales les unes que les autres. Je me sentais attaqué de toutes parts, j'étais harcelé par des fantômes, des nains, des géants autant d'êtres fantastiques et étranges qu'Aguaja avait évoqués par le passé. J'essayais de me contrôler car une voix, au fond de mon esprit engourdi, me disait de faire abstraction de ces images irréelles. Cette violence, je sentais qu'il fallait la combattre pacifiquement. Je ne craignais rien d'ailleurs, Aguaja était là près de moi. Fort de cette certitude, je me ressaisissais sans cesse parvenant ainsi au bout du chemin.

Je me souvins d'avoir vu une grande porte d'ivoire qui devait être l'unique passage entre ce monde de chimères et notre monde. Assise sur un banc taillé dans un cristal d'une grande pureté, je vis une jeune femme d'une très grande beauté. M'apercevant, elle me sourit et pour la première fois dans mon délire, je voyais un être bon. Sûr de ce fait, je m'avançais un peu plus, sans crainte.

A cet instant, je me souvins des récits d'Aguaja et du fait que ses plus terribles adversaires furent toujours ceux qui lui donnaient le plus confiance (le Maure, la jeune romaine, son ami). Il y avait dans ces souvenirs un message crucial pour mon avenir. Le problème était de le trouver. J'étais certain que ma vie en dépendait ! J'arrêtais alors ma marche vers la belle qui me tendait une main pour m'inviter, m'attirer.

Le message devenait clair, cette beauté dans ce monde de violence était utopique et derrière cette façade, une force diabolique devait se cacher. A cette pensée, le visage de la jeune femme se transforma et devint effrayant avec sa peau craquelée et tuméfiée. La Mort semblait être devant moi. Ses yeux cristallins étaient maintenant vitreux. Son sourire enjôleur avait laissé place à un rictus haineux.

Je devais maintenant trouver l'arme qui me ferait gagner cet ultime combat. Une fois de plus, les récits d'Aguaja vinrent à mon secours. Elle avait forgé ses victoires en humiliant ses adversaires après avoir trouvé leurs points forts. Je devais faire de même avec la Mort. Comme les autres, elle avait l'assurance de sa toute puissance. Comme ma déesse l'aurait fait, il suffisait de l'humilier.

Comment humilier la Mort me direz-vous ? Rien de plus simple, il faut vivre et surtout la faire vivre.

- Que tu es belle dame la Vie, lui dis-je remplie de certitude.

- Comment oses-tu me trouver belle moi la faiseuse de mort ?

- Mille excuses, je ne t'avais reconnu, belle femme. Tu me sembles si douce, si divine.

- Veux-tu arrêter de m'injurier, jeune effronté !

- Quelles peuvent être mes injures, toi ma douce ?

- Je te répète que je suis la Mort, réputée pour sa violence et sa laideur, s'emporta-t-elle.

- Mille excuses, une nouvelle fois, mais je ne peux dire ce que je ne ressens pas, répondis-je d'un ton languissant. Mon attirance est telle que je ne veux qu'une seule chose te donner la vie.

Cette phrase mit la Mort hors d'elle.

- Me donner vie ! Mais que me veux-tu jeune écervelé ? Passe ton chemin avant que je ne te donne la mort.

- Mille excuses, tu ne donnes que la vie ma princesse, pas la mort.

Cette ultime remarque la fit disparaître et la porte d'ivoire s'ouvrit lentement laissant apparaître une lumière chaleureuse.

Je mis plusieurs heures à me réveiller totalement. Cassandre passa tout ce temps à essuyer mon corps ruisselant de cette transpiration due à mes luttes acharnées. A mon réveil, le fait de voir le visage radieux de mon amie me réconforta de toutes mes épreuves.

Aguaja ne me posa aucune question durant la soirée. Elle était cependant remplie d'attention et d'affection à mon égard. Elle vint souvent me poser de délicates caresses sur le visage et de profonds baisers sur les joues. Elle finit par s'asseoir sur le canapé marron et prit le classeur où j'avais rangé mes poèmes, qu'elle se mit à lire à haute voix avec douceur et musicalité. Je me suis alors approché d'elle, un peu flageolant, et comme un enfant apeuré, je me suis couché à ses côtés et j'ai posé ma tête sur ses cuisses. Je partis dans un demi-sommeil tout en écoutant mes poésies sortir du corps de mon amie, de ce corps qui m'apaisait. Elle me caressa régulièrement la tête et je finis par m'endormir en toute tranquillité avec calme et sérénité. Quand je me suis enfin réveillé, elle avait disparu. J'étais seul sur le canapé, le jour commençait à pointer.

Durant toute cette nouvelle journée, Aguaja ne relata pas une seule fois mon rite initiatique. Il me fallut attendre le surlendemain pour entendre les premiers mots à ce sujet.

- Erick, as-tu réfléchi à tout ce que tu as vécu ?

Etonné par cette question, je ne savais pas quoi répondre. Aguaja, voyant ma perplexité, repris la parole.

- Je voulais seulement savoir ce que cette initiation t'a apporté.

- Ces expériences m'ont appris de nombreuses choses et notamment trois principales…

- Lesquelles ?

- La confiance en mon intuition, en la parole d'un ami et de faire attention aux faux-semblants. La vérité est cachée, toujours cachée. J'ai cependant eu l'impression de ressentir certaines sensations étranges lors de mes différentes épreuves et surtout la dernière sans pouvoir y mettre d'images.

- C'est normal, le but de ces rites obligés n'est pas de perturber l'initié mais de le construire. Si tu ne te souviens pas des images de la dernière épreuve c'est grâce au collier que je t'avais passé autour du cou. C'est un attrapeur de rêves, de mauvais rêves, qui sauve les esprits au moment du réveil. Et si maintenant je te dis que j'ai confiance en toi, plus que je t'aime, que vas-tu croire, Erick ?

- Je, je ne sais que répondre, répliquais-je décontenancé.

- Serais-tu déjà en train de perdre ta sérénité ? Serais-tu en train de douter ?

Une fois de plus, Aguaja trouva les mots justes pour me mettre en défaut.

- En aucune façon, Aguaja…

Elle m'arrêta d'un geste de la main et me regarda. Je compris que son intervention était due à ma dernière phrase dite avec agacement, d'un ton sec. J'attendais alors sa réaction, cette discussion était-elle l'ultime épreuve ?

Ce silence pesant me devenait insupportable mais je n'osais reprendre la parole. Aguaja resta muette durant plus d'une heure, pire elle ne fit aucun mouvement. Elle était figée, paralysée, morte !

De nombreuses images se succédaient dans ma tête, je ne savais que faire, j'étais perdu. Au terme de cette interminable attente, Cassandre me fixa et prit la parole.

- Eh bien, tu t'énerves maintenant. Aurais-tu perdu ta confiance en Aguaja et en moi ? Nous t'aimons, tu le sais bien. Ces phrases n'avaient pas pour but de te déstabiliser, sois en sûr. Elles m'auront seulement permis de percevoir une nouvelle fois la profondeur de tes sentiments pour moi.

Décidemment elle était douée pour formuler des phrases aux multiples sens. Mais elle avait raison, la profondeur de mes sentiments me mettait toujours sur la réserve. J'avais peur de la perdre, de les perdre. L'ambiguïté d'une telle relation vient du fait qu'elle est peu fréquente voire inconnue. Je n'ai aucun repère pour la gérer. Seule la grande confiance en cet « être » est, pour moi, une aide précieuse. Malgré ma réaction, Aguaja décida de débuter mon enseignement.

- Erick, je crois qu'il est temps pour toi d'être mon élève, te sens-tu prêt ?

- Je le pense, j'espère ne pas te décevoir…

- Avant toute autre chose, il faut que ton âme et ton cœur soient purs, me dit-elle d'une voix douce et pénétrante. La réussite ne peut venir que de toi. Tous les humains pourraient faire ce que je vais t'apprendre. Malheureusement ou heureusement peut-être, ils ont perdu la vertu (…)

Je buvais toutes ses paroles comme le fait l'œnologue avec de grands crus. J'en absorbais la substance sans m'en saouler. Cet instant était magique car intemporel. Ces mots faisaient rejaillir en moi d'anciennes vérités, d'anciens souvenirs. Mes rêves devenaient réalités.

Aguaja, qui lisait dans mon esprit, me dit que mon âme avait la pureté nécessaire, qu'elle ne s'était pas trompée, que notre rencontre était écrite, qu'il n'y avait pas de hasard et qu'il n'y avait que de la patience. Elle souligna que l'esprit belliqueux, la vantardise et tous les mauvais penchants de l'homme lui avaient fait perdre ce grand pouvoir initial.

- (…) Tu sais, les hommes n'utilisent en fait qu'un petit pourcentage de leur capacité cérébrale. Certaine bête en utilise plus que lui, l'homme est ignorant de tellement de choses.

Mon désir ancien de comprendre ce qui nous régissait était enfin assouvi. Vint alors un nouveau moment de vérité car, pour la première fois, Aguaja consentait à m'apprendre les secrets de ses pouvoirs. Elle m'expliqua que ses dons provenaient de la connaissance universelle conservée par son peuple. La grande sagesse de ses ancêtres a permis de sauvegarder et développer les facultés dont la nature nous a, à l'origine, tous doté.

Elle me conta une nouvelle fois ses histoires passées en m'expliquant les moyens utilisés pour déstabiliser ses adversaires. Un rival est comme un ami, il faut donc le connaître et seulement le connaître pour être son égal.

Pour l'aventure du jeune paysan qui la défia la toute première fois, elle n'avait fait que visualiser ses pensées comme lui avait appris *Põrguneisti*. Comme les autres villageois, il pensait que cette sorcière vivait dans l'eau et son esprit fourmillait d'images irréelles qu'Aguaja matérialisa. On pourrait aujourd'hui simplement comparer cela à de l'holographie. Si l'homme arrêtait de croire en ces sornettes, la vérité seule lui serait montrée. Au commencement, tous les hommes avaient, semble-t-il, cette capacité de visualiser les plus profondes pensées d'autrui. La peur et la croyance leur firent perdre ce pouvoir.

J'avais conscience de posséder cette faculté mais je ne la maîtrisais pas. Je ressentais les gens, parfois je visualisais leurs pensées, mais c'était plus une cause de perturbation qu'un soulagement, qu'un don !

Lorsque cette force est maîtrisée à l'extrême, elle permet même de faire percevoir des sensations aux gens comme ce fut le cas avec cette « tornade » qui frappa l'une des troupes venues à la rencontre d'Aguaja.

Ses dons étaient principalement basés sur cette connaissance, ce savoir et sur le respect de la nature que les hommes ont également perdus. Même les spécialistes la regardent comme des scientifiques et non pas comme des humains. Aguaja me dit que la première chose qu'elle avait ressentie en me voyant était justement ce lien étroit avec cette nature et ce qui la compose.

Ses ancêtres étudièrent également de très près le règne animal et le règne végétal. Ils y puisèrent de nombreuses connaissances pour se soigner, vivre en groupe, se battre, aimer enfin être en harmonie avec leur environnement et eux-mêmes !

De la louve par exemple, ils apprirent l'affection et l'enseignement. Ils chérissaient l'enfant, le protégeaient et le formaient. Des nombreuses plantes, ils tirèrent des médicaments ou des poisons.

Aguaja m'enseigna avec une patience infinie ces connaissances, elle était ma louve. Le chemin fut long pour les acquérir toutes. Loin de la technicité, de la modernité, elles sont là immuables, irremplaçables. Tout homme voudrait atteindre ce but…

Je n'avais cependant pas tous ses pouvoirs car elle avait atteint un stade supérieur, comme une déesse…

… Sur cette dernière pensée, je me réveillais… tout cela n'avait été qu'un rêve.

Pris par ce mélange de doute et de certitude, je regardais avec grande intensité le livre soigneusement posé à mes côtés. Il était ouvert sur la dernière page. Mes yeux se portèrent sur une phrase en particulier : « *Il faut croire en ses rêves et partir à leur conquête. Il existe plusieurs voies pour atteindre la vérité ici-bas ou au ciel. N'hésites pas, tu dois partir, c'est le seul et unique moyen d'être sûr… » *

Ce passage était comme un heureux présage qui m'invitait à concrétiser mon rêve. Il me fallait donc aller à Saillagouse pour savoir si ce rêve n'était pas en fait la réalité. Si cela ne s'avérait pas être la réalité, il me resterait la solution du ciel, peut-être que j'y trouverais les réponses à ces questions que je me suis depuis le premier jour posées.

Je fus alors pris d'une grande euphorie. Après avoir jeté quelques effets dans mon sac de voyage, je sautais dans ma voiture. Je roulais, roulais sans m'apercevoir des kilomètres que je faisais. Mon esprit était embrouillé. Je souhaitais vraiment trouver Aguaja et dans le même temps cela me faisait un peu peur.

J'arrivais à Saillagouse en milieu d'après-midi et me rendis directement à la mairie. La secrétaire, une jeune femme souriante, me demanda les raisons de ma visite.

- Bonjour monsieur, puis-je vous aider ?

- Je souhaiterai rencontrer monsieur le maire, lui dis-je la voix tremblotante.

- Madame le maire, vous voulez dire !

- Euh, oui, c'est cela, je, je voudrais voir votre maire quoi, lui répondis-je véritablement troublé par le fait que le maire de Saillagouse était comme dans mon rêve une femme.

- Quels sont les raisons de votre visite ? me demanda-t-elle intriguée par le trouble perceptible de ma voix.

- C'est un peu difficile à vous dire, c'est assez personnel.

- Bien, mais qui dois-je annoncer ?

- Dites à Madame le maire que je suis une personne intéressée par l'histoire de sa commune.

Je ne voulais pas lui donner plus de renseignements. Je ne sais pas pourquoi d'ailleurs mais je le ressentais comme dans mon rêve. De plus, il ne fallait pas changer le fil de l'histoire.

- Bien, je vais voir si elle peut vous recevoir.

Sur ces paroles, la jeune secrétaire se leva de son bureau d'accueil pour emprunter un petit escalier.

Deux minutes plus tard, elle revint en me disant que Madame le maire m'attendait dans son bureau situé au premier étage. Elle m'invita d'un geste à emprunter à mon tour l'escalier au bois vernissé. Je montais les marches avec une grande appréhension. Je me demandais si la meilleure solution n'était pas de faire demi-tour et fuir Saillagouse, Aguaja et toute cette histoire.

J'arrivais sur ces pensées devant la porte du bureau de Madame le maire. Je frappais doucement avec l'espoir secret qu'elle ne m'entende pas. Peine perdue, une voix cristalline m'invita à entrer

- Entrez, je vous prie.

- Bonjour madame, je vous remercie de m'accorder cet entretien.

- C'est toujours un plaisir de rencontrer des gens intéressés par ma commune, me répondit-elle avec un large sourire.

Madame le maire ressemblait à la Cassandre de mon rêve, à Aguaja donc ! Elle semblait avoir une cinquantaine d'années, apparaissait dynamique et avait un charme… envoûtant. Comme pour la femme de mon rêve, elle ne portait pas d'alliance. Je fus troublé par cette recherche de détails que je faisais malgré moi.

- Je voudrais vous poser une question sur l'histoire ancienne ou les légendes de votre région, lui dis-je en guettant la moindre de ses réactions.

- Faites, Faites, je verrais bien si je peux vous répondre.

- Eh bien, j'ai lu hier soir un ouvrage de Monsieur Amfredi, l'histoire racontait la vie d'une jeune femme prénommée Aguaja et je voudrais en savoir un peu plus sur cette légende et mon rêve qui a suivi…

- Je peux vous aider, monsieur Amfredi était mon père.

Mon cœur s'accéléra, mes veines devenaient saillantes prêtes à rompre. Tout s'enchaînait comme dans mon rêve.

- Je le savais, enfin je m'en doutais un peu. Je vous ai vu dans mon rêve, lui répondis-je.

- Eh bien, jeune homme, je vois que nous avons beaucoup de choses à nous dire. J'ai encore quelques rendez-vous mais après je serais toute à vous. Vous pouvez m'attendre à la terrasse du café situé un peu plus loin sur la place, m'invita-t-elle.

- Cela sera un réel plaisir, à plus tard madame le maire, lui dis-je excité et tourmenté quand-même.

Je pris alors congé de mademoiselle Amfredi afin de me diriger vers la terrasse du café de l'espoir, de mon espoir.

J'allais peut-être savoir la vérité sur toute cette histoire. N'était-elle pas qu'un rêve ?

Et Aguaja ne serait-elle pas cette amie que j'ai toujours attendue ?

J'aurai bientôt des réponses à ces questions mais tout cela est une autre histoire… celle de ma vie !

Epilogue

Des larmes coulaient pendant que je transcrivais ces lignes qui fusaient comme l'encre sur le papier. Elles étaient de la même émotion.

Chaque jour, jusqu'à la fin de mon récit, je faisais le même rituel allant de la marche dans les rues d'Orléans jusqu'à ce banc sur les bords de Loire.

Je revoyais les images de Cassandre, d'Aguaja, mes propres images avec ces dames, cette dame.

Vous vous demandez certainement si cela fut un simple rêve ou aussi ma réalité.

Je n'ai pas souhaité d'écrire ma vie après ma sortie de la mairie. Le mystère sur Aguaja doit être entier ! Non pas pour préserver une quelconque légende mais pour préserver une âme, un être... s'il existe !

Un jour, au détour des rues orléanaises ou ailleurs dans le monde, on se rencontrera.

Vous me poserez peut-être cette question : Aguaja est-elle toujours vivante ?

Je vous apporterais, qui sait, une réponse comme j'ai pu moi-même l'avoir.

Vivante ou pas, le secret est lourd à porter alors réfléchissez bien avant de m'interpeller... votre destinée pourrait en être à jamais bouleversée !

Thierry Bondeux est né à Thiais (Val de Marne) mais il est retourné très tôt dans le Berry de ses ancêtres, pays de la sorcellerie.

Amoureux de la nature, des voyages, des gens et des légendes notamment celtes, il effectua des études de géographie et d'histoire avant de travailler dans le domaine de la culture et du patrimoine.

Poète, il a déjà sorti trois recueils qui, comme pour ce roman, s'inscrivent dans la lignée de véritables contes poétiques.

Plongez dans sa sensibilité, son regard sur les hommes et vous verrez la vie d'une autre façon.

Aguaja